엄마는
공부도둑

스스로 공부요정과 공부도둑 마녀의 첫 번째 대결

엄마는 공부도둑

[초등 자기주도 학습동화_동기편 No.01]

지은이 ㅣ 박기복
발행인 ㅣ 김경아

2012년 8월 30일 1판 1쇄 발행
2013년 5월 15일 1판 2쇄 발행

이 책을 만든 사람들

콘텐츠 ㅣ 정철희
그림 ㅣ 송진욱
기획 ㅣ 윤선희
디자인 ㅣ 김효정
교정 ㅣ 안종군(미래채널 실장)
경영 지원 ㅣ 홍종남

이 책을 함께 만든 사람들

종이 ㅣ 제이피씨 정동수
제작 및 인쇄 ㅣ GAP 김태철, 유재욱

펴낸곳 ㅣ 행복한나무
출판등록 ㅣ 2007년 3월 7일. 제 2007-5호
주소 ㅣ 서울시 마포구 서교동 442-2번지 105호
전화 ㅣ 02) 322-3856
팩스 ㅣ 02) 322-3857
홈페이지 ㅣ www.ihappytree.com
문의(출판사 e-mail) ㅣ book@ihappytree.com

ⓒ 박기복, 2012
ISBN 978-89-93460-33-9
행복한나무 도서번호 : 046

:: [초등 자기주도 학습동화®] 시리즈는 "행복한나무"의 아동 학습 브랜드입니다.

스스로 공부요정과 공부도둑 마녀의 첫 번째 대결

엄마는 공부도둑

글 박기복 | 콘텐츠 정철희 | 그림 송진욱

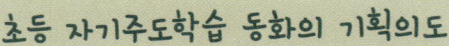

초등 자기주도학습 동화의 기획의도

자기주도학습은 크게 동기, 인지, 행동 세 가지로 나누어집니다. 아이들이 스스로 공부할 수 있는 습관을 만들어 주기 위한 필스 코스라 할 수 있지요. 이 책은 국내 최고의 자기주도학습 전문가인 정철희 교수님의 [전교 1등 공부습관을 만드는 자기주도학습 만점공부법]에서 다룬 '동기 주도 전략', '인지 주도 전략', '행동 주도 전략'을 박기복 선생님이 재미있는 동화로 구성하였습니다. 자기주도학습이 왜 필요한지, 어떻게 해야 하는지를 나모태와 함께 이야기 나라로 떠나보세요. 이론이 아닌 몸으로 체득할 수 있습니다.

초등 자기주도학습 동화 중에서

1권 엄마는 공부도둑 _동기편

"엄마가 단 한 번이라도 스스로 공부하고 싶은 마음이 들게 해 주었다면 난 달랐을 거야. 엄마는 내가 하고 싶다는 마음이 들기도 전에 무조건 공부부터 시켰잖아. 그것도 정말 감당하지 못할 정도로. 난 이제야 스스로 공부하고 싶은 마음이 생겼어. 그런데 엄마는 또 내 마음을 사라지게 하려고 해. 나 혼자, 힘들더라도 할 거야. 바로 여기서, 오직 내 힘으로."

2권 선생님은 공부도둑 _인지편

"선생님도 공부도둑 마녀의 거미줄에 걸려들었어. 선생님 중에도 공부도둑 마녀의 거미줄에 걸린 사람이 많아."
"정말요? 왜요? 선생님들은 우리처럼 시험 공부할 일도 없고, 숙제할 일도 없을 텐데."
"욕심 때문이야."
"욕심?"
"공부를 잘해야 한다는 욕심이 아니라 너희들 성적을 높여야 한다는 욕심."

3권 진짜 공부도둑 _행동편

"어떤 이들은 스스로 공부의 빛이 단순히 공부를 잘하게 하는 마법 같은 방법으로 여겨. 하지만 그게 아니란다. 자기 삶의 주인이 되는 것, 자기 삶의 의미를 스스로 찾고, 스스로 자기 삶을 꾸려가는 것, 그게 바로 <스스로 공부의 빛>이란다."

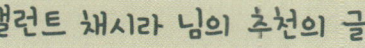
탤런트 채시라 님의 추천의 글

나도 내 아이의 공부를 훔치고 있지는 않았을까 돌아보게 만드는 책

바쁜 일상에서 가장 많은 비중을 차지하는 것이 초등학교에 다니는 아이와 6살 난 아이의 엄마 역할입니다. 교육만큼은 여느 엄마들 못지않게 열심이었으며, 나름 이기적이지 않은 엄마라 스스로 자부하고 있었습니다. 그러나 이런 제 자신을 '움찔' 하게 만드는 책 한 권을 만났습니다. 그것은 자기계발서도 아니고, 자녀교육서도 아닌 한 권의 동화책이었습니다. 우연히 자기주도학습 전문가인 정철희 교수님의 강의를 듣게 된 인연으로 동화책의 추천사를 부탁받았고, 책이 출간 되기 전에 가장 먼저 읽게 된 책은 바로 '엄마는 공부도둑' 이었습니다.

이 책은 초등학교 5학년이 읽기에 알맞은 동화책입니다. 공부도둑 마녀와 스스로 공부 요정이 등장하지요. 그리고 이 둘의 대립을 통해 우리 아이들이 왜 공부해야하는지에 대한 '동기'를 부여해줍니다. 안타깝게도 이 책에서 엄마는 공부도둑 마녀의 억지공부 거미줄에 걸려들어 모태가 스스로 공부할 수 있는 힘을 키워주지 못합니다. 무조건 이것저것 시키기에 여념이 없지요. 결국 모태는 엄마가 없으면 아무 것도 할 수 없는 아이가 되고 맙니다. 저 역시 우리 아이들에게 이렇게 하지 않았나 되돌아보게 만드는 대목이었습니다. 자유롭게 키운다고 했지만 어쩌면 제 생각만 그랬을지 모르니까요. '어느 순간 저도 모르는 사이에 공부 도둑 마녀의 못된 거미줄에 걸려들어 우리 아이들의 공부를 훔치고 있지는 않았나' 하고 말이지요.

엄마가 먼저 읽으세요, 그리고 아이와 함께 다시 읽으세요

동화책이지만 엄마가 먼저 읽어야 할, 엄마를 위한 동화책이라는 생각이 듭니다. 그런 다음, 아이와 함께 다시 읽어보시길 권합니다. 재미도 있지만 공부를 잘하고 싶은 우리 아이들의 간절함도 같이 배울 수 있을 것입니다.

그리고 이와 더불어 엄마를 먼저 변화시킬 수 있는 동화책이라는 생각을 믿어 의심치 않습니다. 벌써 2권과 3권이 기다려집니다.

채시라

차례

나모태

"난 못해"를 입에 달고 사는 주인공. 스스로 어떤 일도 하기 힘들어 하는 성격. 과연 이런 나모태가 스스로 공부요정을 만나 바뀔 수 있을까?

공부도둑 마녀

생각 없이 억지로 공부하는 아이들이 늘어날수록 힘이 강해지는 마녀. 하지만 자신은 '성적 향상 마녀'라고 믿고 있다. 혹시 여러분도 공부도둑 거미줄에 걸려 있지는 않은지 생각해 보시길······.

야니와 냥냥이

공부도둑 마녀의 거미를 사냥하는 것이 특기인 고양이들. 엄마 고양이 야니와 아기 고양이 냥냥이는 과연 어떻게 나모태를 도와줄까?

스스로
공부요정

아이들 스스로 공부하는 힘을 키워주는 요정. 나모
태의 이모이기도 한 공부요정은 시끌벅적 정령과
고양이와 함께 나모태를 어떻게 도울까?

깔끄미

공책의 정령. 장난스럽고 마냥 즐거운 성격.
공부도 노는 것 중의 하나라고 믿는다.

필기구의 정령. 쓰는 것이 최고라고 믿는 정령.
꼼꼬미의 좌우명은 '노력이 최고!'

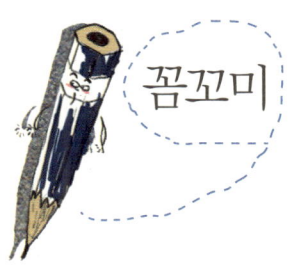

꼼꼬미

똑또기

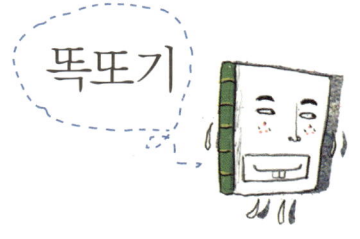

아는 척, 잘난척쟁이 책의 정령.
세상에서 자신이 가장 똑똑한 정령이라고 믿고 있다.

유지혜

이모의 첫째 딸. 곤충학자의 꿈을 이루기 위해 스스로 공부하는 힘을 가지고 있다. 모태를 지지해주며 모태가 닮고 싶어하는 인물.

유쾌한

이모의 둘째 아들이자 모태의 사촌. 공부에는 별 관심이 없지만 독서와 글쓰기를 좋아하는 장난꾸러기다. 신나는 일이 생기면 하늘로 무언가 집어던지는 버릇이 있다.

우수한

나모태가 전학 간 학교의 독보적인 존재로, 늘 전교 1등을 도맡아 하는 실력파. 그러나 잘난척이 심하고 자신보다 공부 못하는 아이들을 무시하기도 한다.

공부도둑 마녀의 '억지 공부 거미줄'

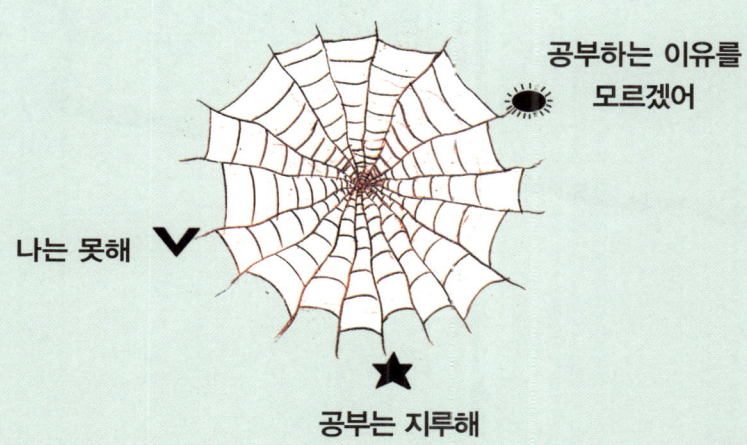

공부하는 이유를
모르겠어

나는 못해

공부는 지루해

스스로 공부요정의 '자율 공부의 빛'

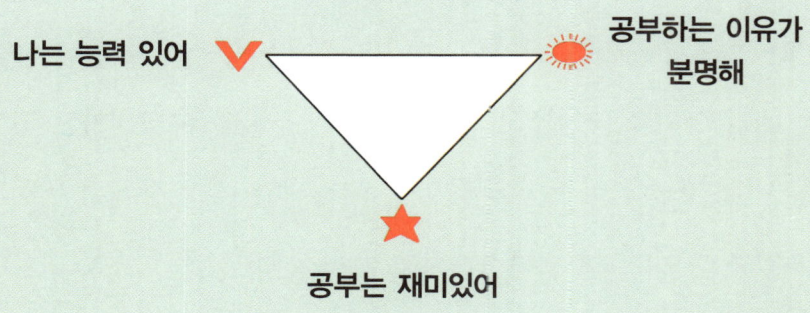

나는 능력 있어

공부하는 이유가
분명해

공부는 재미있어

1. 엄마가 나를 버리다니

　　나는 지금 버려지고 있는 중이다. 버리려고 준비하는 것도 아
니고, 버려진 것도 아니고, 버려지는 중이 뭔지 이해하기 힘들 것
이다. 그래서 상황을 설명하자면 엄마의 사랑스럽기만 했던 아들
인 내가 엄마 차 뒤에 실려서 이모네 시골집으로 끌려가고 있다
는 거다. 그러니 아직 버려진 것은 아니지만 내 입장에서 버려지
고 있는 중이다. 왜 버려지는지 궁금하겠지만 솔직히 나도 그 이
유를 잘 모른다.

왜 내가 버려지는 걸까? 왜?

이런 엄청난 일이 왜 생긴 걸까? 부모님이 자식을 버리다니, 그건 있을 수 없는 일이다. 아니, 있으면 안 되는 일이다.

그럼 왜? 도대체 왜? 공부 때문에……. 하지만 내가 공부를 못해서 버려지는 건 아닐 거란 게 내 생각이다. 만약 공부를 못해서라면 3학년 2학기 시험을 망쳤을 때 버렸어야 맞다. 4학년 개학을 앞두고 날 버리는 이유를 아무리 생각해도 모르겠다. 도대체 엄마는 왜 날 갑자기 버리기로 결정한 거지?

혹시 그날 일로……?

그러니까 얼마 전, 여느 날과 마찬가지로 학원을 이곳저곳 다니느라 파김치가 되어 집에 돌아온 날이었다. 집에 오자마자 엄마를 찾았지만 늘 집에 계시던 엄마가 없었다. 엄마가 없으니 뭘 해야 할지 모르겠어서 멍 때리고 있다가 게임 생각이 났다. 그러나 엄마한테 들키기라도 하면? 으으으, 엄청난 잔소리 폭탄이……

도대체 뭘 해야 하지? 집에 오면 엄마가 시키는 대로 숙제도 하고, 공부도 했는데 엄마가 안 계시니 뭘 해야 할지 도무지 알 수가 없었다.

그때 학교와 학원에서 내준 숙제 생각이 났다. 그래, 일단 숙제를 할까? 그런데 문제는 학교 숙제도, 학원 숙제도 너무 많아서 무엇부터 해야 할지 모르겠다는 거다. "처음엔 이거, 그 다음엔 이거, 이 숙제는 이렇게." 하면서 일일이 뭘 할지 가르쳐주시던 엄마, 엄마는 숙제도 많은데 도대체 어딜 가신 걸까?

짜증이 나서 벌러덩 소파에 누워 가물가물 졸고 있는데 어느새 엄마가 들어와서 나를 노려보고 계셨다. 얼굴까지 붉으락푸르락, 화가 단단히 나신 모양이다.

"너, 지금 뭐하는 거야?"

화가 난 엄마의 목소리는 언제나 차가운 물벼락을 맞은 것처럼 정신이 번쩍 들게 한다. 큰일이다. 이건 잔소리 폭격으로 끝날 일이 아닌데……. 으이그.

"뭐할 줄 몰라서……요. 숙제가 너무…많…. 그러니까 영어부터…아니 수학부터…."

이럴 때 꼭 말도 뒤죽박죽이다. 멍청한 나모태!

"숙제 없어?"

"있어요. 그런데 이것저것 많아서 뭐부터 해야 할지……. 엄마를 기다렸는데. 엄마, 뭐부터 할까?"

"지금 그걸 엄마에게 묻는 거니?"

그러고는 엄마는 길게 한숨을 내쉬셨다. 저 한숨은 무슨 뜻이지? 내가 뭘 잘못한 거지?

　난 항상 엄마가 시키는 대로 했다. 숙제하라고 하면 숙제하고, 일기를 쓰라고 하면 일기를 쓰고, 수학 문제를 풀라고 하면 수학 문제를 풀고, 학원에 가라고 하면 학원에 갔다.

　그런데 그런 나한테 '왜 엄마한테 묻느냐'고 따지다니…… 어이가 없어서 정말. **도대체 날보고 어쩌라고!** 부글부글 속이 터져 버릴 것 같았지만, 엄마의 표정이 3학년 2학기 기말고사를 망쳤을 때와 똑같아서 아무 말도 할 수가 없었다. 저런 표정이면 야단도 쓰나미 급으로 맞게 될게 뻔하기 때문에…….

이제 죽었다! 야단맞을 준비를 하는데, 이게 웬일? 엄마는 또 한 번 한숨을 길게 내 쉬더니 그냥 엄마 방으로 들어갔다. 에휴! 살았다. 그렇지만 마음이 편한 건 아니다. 차라리 야단을 맞고 끝나는 게 더 나을 텐데. 저렇게 한숨 쉬고 들어가 버리면 더 겁이 난다. 결국 그날 난 처음으로 숙제를 안 했다. 아니 아무것도 도와 주지 않는 엄마 때문에 못했다.

그리고 그 시간 이후 내 운명이 이렇게 결정된 거다.

몇 번이나 그날 일을 떠올려 보면서 생각하고, 또 생각해 보았지만 도대체 엄마가 날 버리려고 결심한 이유를 모르겠다. 그리고 엄마가 날 시골 이모네 집으로 보내는 걸 '보낸다'가 아니라 굳이 '버린다'고 하는 데에는 또 다른 이유가 있다.

우선 사촌들, 그 중에서도 특히 나와 동갑인 유쾌한이 가장 큰 문제 덩어리다. 예전에 이모네에 잠깐 갔을 때 쾌한이가 내게 전교 13등을 한다며 자랑을 한 적이 있다. 순간 쾌한이가 다시 보였다. 하지만 옆에 있던 사촌 누나 설명을 듣고 이내 어쩐 일인지 알아차렸다.

그러니까 쾌한이가 다니는 학교는 시골 학교라서 한 학년이 14명밖에 안됐던 것이다. 그러니 전교 13등이면 뒤에서 2등이 되는 거다. 결국 꼴찌 바로 앞이라는 말. 이런 녀석과 같이 지내야 하니 내 마음이 오죽하겠냐 말이다.

그나마 집이라도 좋으면 모르겠다. 그럼 휴가 온 셈치고 놀면 될 테니까. 하지만 이모네 시골집은 휴가 기분을 내기에는 너무 살벌한 곳이다. 혹시 시골집이라고 해서 멋진 전원주택을 떠올린 다면 꿈을 깨길. 이모네 집은 전혀, 전혀 아니올시다니까. 이모네 집을 처음 보자마자,

"이 집, 곧 무너지는 거 아냐?"

라는 말이 아무 생각 없이 나올 정도였으니.

진짜다. 정말 무너질 것 같았다. 흙벽은 이곳저곳 떨어져 나가 고, 군데군데 구멍이 난 나무 기둥이나 지붕은 수십 년은 된 듯했 다. 그뿐만이 아니다. 벽 한쪽엔 보란 듯이 '쫘악~' 하고 금이 가 있고, 낡은 창문들은 바람에 날아갈 것만 같았다. 게다가 열리지 않는 문이라니……

여기서 가장 중요한 건 문이 잘 안 열린다는 사실이 아니라 문 이 안 열리는 이유가 지붕의 무게에 눌려서 일 거라는 이모의 추 측이다.

허걱!

그렇다면 집이 무너지고 있다는 소리잖아!

난 겁이 나서 자는 둥 마는 둥 밤을 샜다. 그나마 하룻밤 지내고 왔을 뿐인데도 이 정도니 날마다 보내야 한다면? 으윽 진짜 끔찍하다.

이렇게 상상 초월인 이모네 집에서 무식한 사촌들과 지내야 하니 '보낸다'가 아니라 '버린다'가 맞는 것이다. 가만, 그러면 엄마가 날 키울 수 없는 중대한 이유가 공부를 못하기 때문인 건가? 으악이다. 절대 아니라고 생각했는데, 그런 이유로 날 버리시진 않을 거라고……. 하지만 확실한 듯하다. 공부 못한다고 날 포기하신게 분명하다.

울퉁불퉁, 터텅터텅 멀미를 참으며 산골을 굽이굽이 돌아 도착한 이모네 집은 내가 예전에 봤던 모습 그대로였다. 혹시나 했지만 역시나 곧 무너질 것 같은 분위기다.

"휴~"

한숨이 나온다. 나도 모르게…….

"넌, 애가 버릇없이 한숨을 쉬니?"

엄마의 잔소리에 한숨을 꿀꺽 삼키느라 기침이 나올 뻔했다.

그래도 내가 지낼 집이라고 생각하니 전에 왔을 때 눈여겨보지 않았던 것들이 보였다. 그리 넓지 않은 거실에 문을 빼고는 온통 책장으로 둘러싸여 있는 모습이 마치 작은 도서관 수준이라고나 할까. 그땐 그냥 어둠침침한 거실이라고만 생각했는데…….

"이 방이야. 엄마랑 얘기할 동안 잠시 기다리렴."

여기가 내 방이라고? 어휴, 정말. 이렇게 코딱지만 한 방에서 어떻게 지내지? 또 한숨이 나오려는 걸 억지로 참았다.

엄마와 이모가 이야기를 나누는 동안 침대에 벌러덩 누웠다. '에라, 모르겠다.' 짐 정리는 안 하냐고? 어차피 난 짐 정리할 줄도 모르고, 엄마 아님 이모가 해주시겠지. 그리고 솔직히 책이랑 연필도 챙겨오지 않아서 정리할 것도 별로 없다. 가방도 텅 비어 있다. 마치 내 머리처럼.

엄마가 마음을 바꾸실까하는 생각에 떠나기 전에 시간을 좀 끌어 보려고 이것저것 챙기려고 했는데 엄마가 "어차피 넌 내가 안 시키면 공부도 안 할 거잖아." 하시면서 못 챙기게 했다. 차라리 잘됐지 뭐. 이왕 이렇게 된 거 이제 공부 같은 거 안 할 거다. 솔직히 열심히 해도 성적은 항상 바닥이고, 맨날 학원에 다니면서 수업을 듣지만 무슨 말인지도 모르겠으니까.

엄마와 이모가 이야기를 끝낼 기미가 보이지 않자, 나는 좀이 쑤셔서 조용히 거실로 나가 이모 방 앞으로 가 보았다. 그런데 그때 갑자기 문틈 사이로 빛이 번쩍! 깜짝이야. 뭐지? 놀라서 그 자리에 멈추고 말았다.

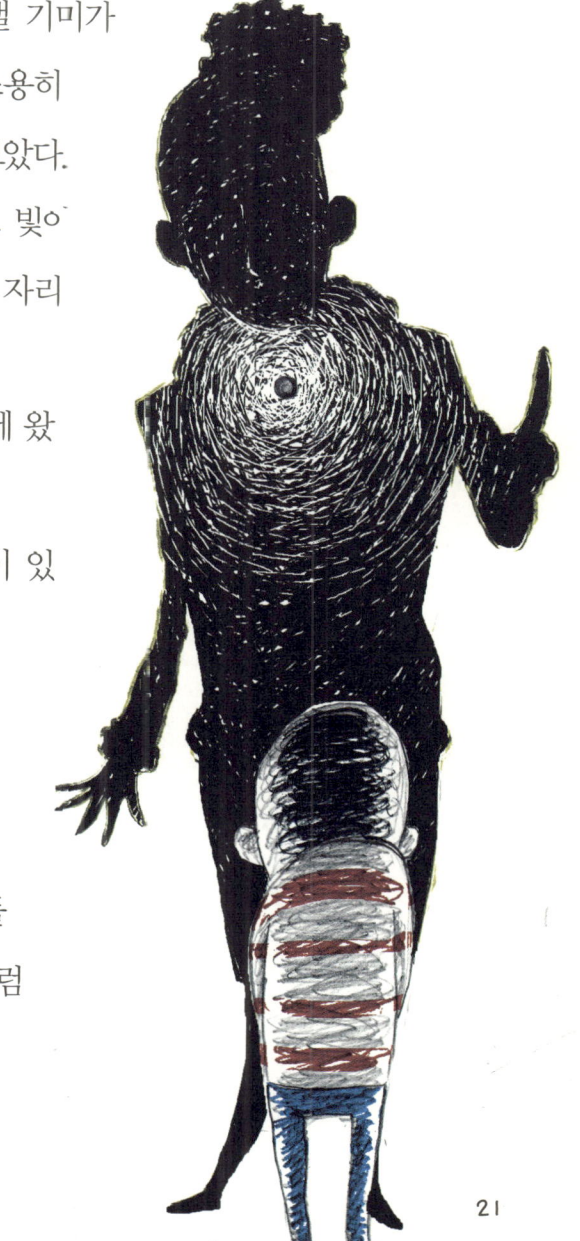

"언니, 조금 쉬었다 가. 오랜만에 왔는데."

"아니야. 저녁 때 중요한 모임이 있어. 잘 부탁할게."

"그래, 걱정 마."

이모와 엄마는 방문을 열고 나왔고, 엄마는 나를 보자마자 외우기라도 한 듯 "똑바로 말 잘 들어"하며 잔소리를 했다. 난 기계처럼 "네!"라고 했다.

엄마 목을 잘 보니 아까는 보지 못했던 목걸이가 걸려 있었다.

저 검은색 목걸인 뭘까? 어쨌든! 그렇게 엄마는 이모네 집에 날 두고 가 버렸다. 아니 버리고 가 버렸다. 난 버려진 거다. 비참하고, 끔찍하지만 이게 내 현실이다.

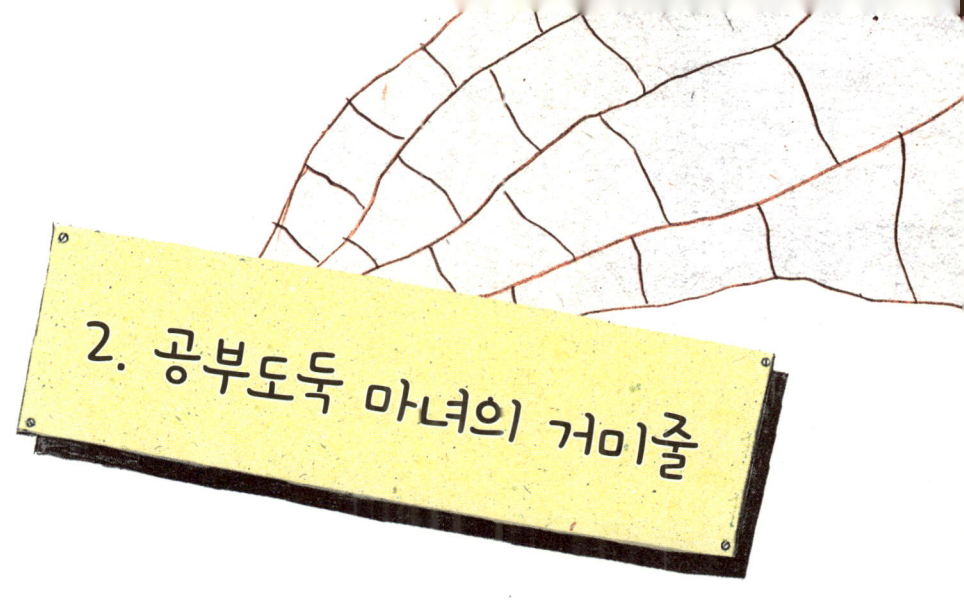

2. 공부도둑 마녀의 거미줄

"모태야, 밥 먹어라!"

이모가 점심을 차리고 날 불렀을 때, 보이지 않던 사촌들이 순식간에 나타났다.

"반가워. 나모태! 환영이야."

사촌 누나 유지혜.

"형 왔어?"

유치원생 막내 유창한. 여기까진 좋았지만.

"모태기, 삼태기. 방가 방가~~."

나랑 동갑인 유쾌한, 꼴찌에서 두 번째. 보자마자 놀려대다니.

"잘 먹겠습니다."

"와! 대박 맛있겠다."

뭐 그리 대단한 반찬도 아닌데 맛있다고 먹는 사촌들의 소리가 시끌벅적하다. 나는 밥맛도 없는데. 하긴 엄마한테 버려지고 밥이 맛있다면 그것도 이상한 일이겠지.

점심을 먹은 뒤엔 당연히 이모가 설거지를 할 줄 알았는데, 사촌들끼리 가위바위보를 했다.

"아, 이런!"

쾌한이가 가위, 바위, 보에서 지자, 상에 있는 그릇을 혼자 다 치우고 고무장갑을 끼고 설거지를 하는데 제법 많이 해본 솜씨다. 난 내 방 정리도 해본 기억이 없는데……. 뭔지 모르겠지만 갑자기 이상한 기분이 들었다. 갑자기 내 자신이 굉장히 낯설게 느껴졌다.

씻지도 않고 내 방이라고 정해 준 곳으로 들어가 누웠다. 엄마도 가고, 혼자 누워 있으니 가슴에서 무언가 꾸역꾸역 넘어 오는 기분이 들었다. 난 이제 완전 혼자야, 혼자, 정말 이럴 순 없는 건데. 이런 게 외로움인가? 꾹꾹~ 참았는데도 눈물이 주르륵, 주르륵.

"이럴 줄 알았으면 조금 더 열심히 공부하는 건데……."

울면서도

"도대체 뭘 어떻게 더 하라고."

가슴이 터질 것 같았다. 시키는 대로 열심히 했는데 왜 안 되냐고. 왜? 도대체 왜?

'난 뭘 해도 안 돼. 나 같은 놈이 노력한다고 되겠어.'

'나모태, 바보. 넌 뭘 해도 안 돼.'

그렇게 버려진 나를 원망하다 잠이 들었고 오후 내내 자고, 저녁 먹고 다시 자고, 그렇게 계속 잤다. 솔직히 눈을 뜨기도 싫었다. 눈을 뜨면 계속 뭔가를 생각해야 하니까. 그러다 꿈을 꾸었다. 꿈인지 생시인지 구분이 가지 않을 정도로 생생한 꿈이었다.

"모태야."

이모다.

"……."

난 깨고 싶지 않아 아무 말도 하지 않았다.

"일어나렴. 선물이 있단다."

이모는 내 머리를 가볍게 쓰다듬었다. 웬일인지 그 순간 상큼한 향기와 함께 머리가 맑아졌다. 저절로 눈이 떠졌다. 그런데 눈

을 뜨자마자
이모가 내 손을
잡고는 "쉿, 고함지르기
없기!"라는 게 아닌가. 어! 어!
생각할 겨를도 없이 갑자기 내 몸
이 붕~ 떠오르더니 만화에서 봤던 것처럼 허공을
날아 창문 쪽으로 날아갔다. 스파이더맨, 아니 슈퍼맨인가? 어쨌
든, 헉! 너무나 순간적으로 일어난 일에 소리조차 나오지 않았다.
어, 어 창문이 닫혀 있는데? 으악~ 부딪히면 끝이다! 무서운 생각
에 눈을 질끈 감고 손으로 겨우 얼굴만 가렸다. 그런데 예상과는
다르게 '째재쟁깽깽'하며 유리창 깨지는 소리는 들리지 않았다.
그 대신 이모의 부드러운 목소리만 들렸다.

"자, 이제 눈을 뜨렴."

난 겁을 먹고 조심스럽게 눈을 떴다. 와, 이런 세상에, 내 몸이
하늘에 떠 있다니. 이모네 집은 까마득한 아래쪽에 있고, 마을에
서 반짝이는 가로등 불빛이 별빛과 구분이 안 될 정도로 멀어 보

였다.

"와, 끝내준다!"

내가 지금 날고 있다니, 내가 자유롭게 하늘을 날아다니다니. 돌 하나 넘듯이 산을 넘고, 나뭇가지 하나 건너듯 강을 건너다니 진짜 짜릿했다. 하지만 그것도 잠시, 한참 신나게 날고 있는데 이모가 꺼낸 말 때문에 신나는 기분이 사라져 버렸다.

"모태야, 엄마가 널 여기로 보내서 서운하지? 사실은 엄마가 널 여기로 보낸 게 아니야. 내가 보내라고 했어."

"왜요?"

"널 공부도둑 마녀의 거미줄에서 구해 내려면 그 방법밖엔 없거든"

"공부도둑 마녀라구요?"

"그래, 공부도둑 마녀.

공부도둑 마녀는 아이들의 공부를 훔쳐 먹고 사는 못 된 마녀란다. 그래서 이 마녀의 거미줄에 걸리면 아무리 열심히 공부를 해도 성적이 나오지 않는 거지."

세상에 공부도둑 마녀라니……

"공부도둑 마녀는 억지 공부, 시키는 대로 공부, 마구잡이 공부라는 세 겹의 거미줄로 아이들의 공부를 훔쳐가. 아이들뿐만 아니라 많은 엄마, 아빠들도 공부도둑 마녀의 거미줄에 걸려 있단다. 너희 엄마도 그 중의 한명이고. 모태야, 공부도둑 마녀의 거미줄에서 벗어나고 싶지 않니?"

그다지 믿어지진 않았지만, 그래도 이모 말씀에 뭐라도 해야 할 것 같아 가만히 속삭였다.

"만약 그렇다면 벗어나고 싶죠. 하지만 전 할 수 없을 거예요."

이모는 아무 말 없이 나는 속도를 높였고, 하늘을 뱅글뱅글 돌던 몸을 내려 빠른 속도로 땅을 향해 날아가더니 어느 커다란 나무 위에서 멈췄다.

"여기가 네가 다닐 학교야."

시골 학교라 원래부터 기대하지 않았지만 두 눈으로 확인한 학교는 생각보다 더 초라했다. 이런 보잘 것 없는 학교를 다녀야 하다니. 집도, 학교도 모두 엉망이다.

"자, 이거 받아."

"앗, 이건! 엄마가 하고 있던 목걸이?"

"응. 엄마랑 떨어져 있지만 엄마와 넌 이 목걸이를 통해 하나로 연결되어 있어. 넌 혼자가 아니야."

혼자라고 생각했는데 그 말을 듣자 왠지 작은 용기가 생기는 기분이 들었다.

"이제 공부도둑 마녀에게서 벗어나려고 노력해보렴."

"제가 할 수 있을까요? 전 늘 해도 안 됐는데……."

"많은 이들이 널 도울 거야. 네가 기대하지 않던 사람까지도. 물론 사람만이 아니야."

그리고 이모의 설명이 이어졌다.

"일단 네가 할 일은 '억지 공부 거미줄'에서 벗어나야 해. 그러기 위해서는 '자율 공부의 빛'을 찾아야 하지."

"그럼 '자율 공부의 빛'만 찾으면 공부를 잘할 수 있다는 건가요?"

"아니, 공부도둑 마녀는 그렇게 만만한 상대가 아니야. 공부도둑 마녀의 거미줄인 '시키는 대로 공부'와, '마구잡이 공부'에서 벗어나 '생각하는 공부의 빛'과 '짜임새 공부의 빛'을 찾아야 한단다. 이 세 개를 찾으면 비로소 네가 공부를 잘할 수 있는 '스스로 공부의 빛'이 완성되는 거야. 이해했니?"

모태가 공부도둑에게서 벗어나 진짜공부를 할 수 있는 비법

1 '억지 공부 거미줄'에서 벗어나기 위해 '자율 공부의 빛'을 찾아라!

2 '시키는 대로 공부'에서 벗어나기 위해 '생각하는 공부의 빛'을 찾아라!

3 '마구잡이 공부의 빛'에서 벗어나기 위해 '짜임새 공부의 빛'을 찾아라!

믿기지 않았지만 이모의 이야기를 듣고 나자 가슴이 두근거렸다. 뭐가 뭔지 모르겠지만 기분이 나쁘지는 않았다.

"그 목걸이 잘 간직하렴. 네가 찾아낸 빛이 그곳에 담기거든. 스스로 공부의 빛을 완성하기 전에 목걸이를 빼앗기거나 잃어버리면 넌 영원히 공부도둑 마녀의 거미줄에서 헤어날 수 없게 돼. 그리고 나도 위험해지고."

갑자기 무서웠다.

"실수로 잃어버리거나 나보다 힘센 사람이 빼앗아 가면 어떡하죠?"

"실수로 잃어버리는 일은 일어나지 않아. 네가 스스로 포기하지 않는 한 그 누구도 그 목걸이를 빼앗을 순 없어. 그 목걸이는 너의 마음과 연결되어 있거든. 목걸이가 있어야 네가 필요할 때 필요한 도움을 받을 수 있으니까 소중히 간직하렴."

난 목걸이를 움켜쥐었다. 완전히 믿을 순 없었지만 이 목걸이에 내 미래가 달려 있는 것 같았다.

"자, 다시 신나게 날아볼까."

이모는 내 손을 잡더니 다시 하늘로 날아올랐고, 난 처음보다 더 신났다. 새가 된 것처럼 신났다. 이게 꿈이라면 부디 깨지 않기를.

아침에 눈을 뜬 뒤에도 꿈은 너무나 생생하게 기억났다. 혹시나 해서 목을 손으로 더듬어 보았다. 헉, 맙소사.

"세상에 꿈이 아니었어."

벌떡 일어나 목걸이를 다시 확인했다. 설마? 내게 요정이 찾아온 걸까? 그럼 이모가 요정? 잠시 생각한 난 고개를 흔들었다. 내가 잘 때 이모가 엄마한테 선물한 목걸이랑 같은 걸 걸어 주었겠지. 맞아. 그랬을 거야. 나처럼 뭘 해도 안 되는 애한테 특별한 일이 생길 리가 없잖아.

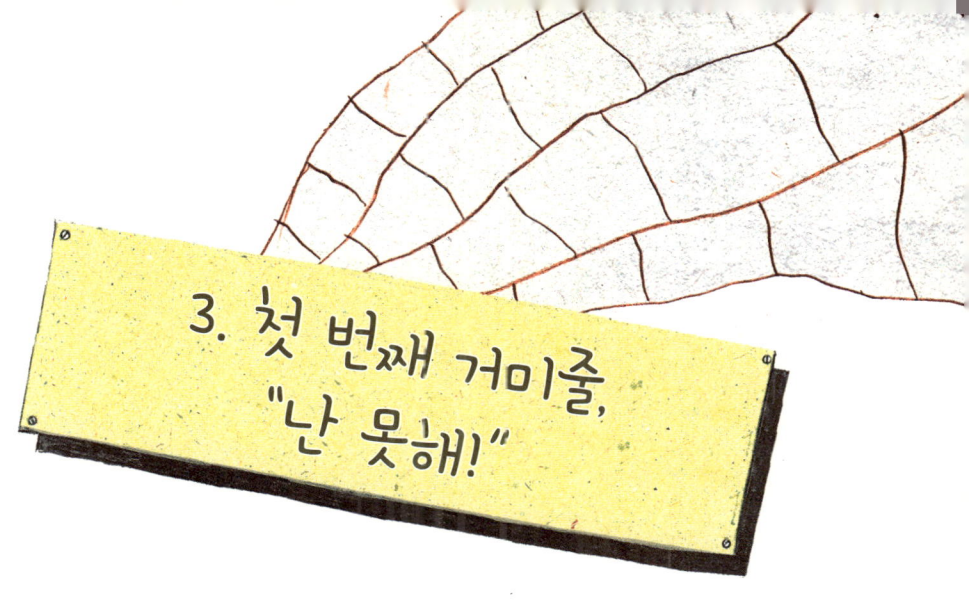

3. 첫 번째 거미줄, "난 못해!"

드디어 초라한 학교를 가는 첫 날이 왔다. 빈 가방을 들고 털레털레 학교 버스를 타기 위해 이모 집을 나섰다. 개학식 날이어도 수업이 있다는 건 알았지만 노트도, 연필도, 그 무엇도 챙기지 않았다.

개학식도 하고 신입생 입학식도 했는데 이런 행사가 지루한 건 서울이나 시골이나 마찬가진가 보다. 아무 생각 없이 멍하니 있는데 느닷없이 선생님이 전교생 앞에 날 세우시더니 다짜고짜 인사를 시키는 게 아닌가.

"이번에 새로 전학 온 4학년 나모태라고 해요. 자, 환영의 박수!"

아~이런 어색함이라니. 교실에 들어가서 반 아이들 앞에서 소개시켜 주는 게 아니라 전교생 앞에서 전학 온 학생을 소개하다니 진짜 황당하다. 하긴 뭐 전교생이 100명도 안 되는 학교니 전교생 앞에서 인사하는 게 당연한 건지도 모르겠다.

교실에 들어가자마자 새 교과서를 받았다.

"교과서는 봐서 뭐해? 그냥 사물함에 처박아 버려."

허걱! 이건 어디서 나는 소리지? 깜짝 놀라 주위를 둘러 봤지만 다들 각자의 책을 챙기고 있을 뿐이다. 뭐지? 어디서 나는 소리지? 누가 장난을 하고 있는 건가? 하지만 아이가 낼 만한 목소리는 아니다. 또 다시 교과서를 살펴보는데 다시 느끼한 목소리가 들렸다. 싸늘하게 소름이 돋을 정도로 징그럽다. 잘못 들었나?

오늘 수업하는 교과서 몇 권은 책상에 넣고, 나머지는 가방에 넣으려는데,

"교과서가 그렇게 소중해? 그냥 사물함에 처박아 버려. 넌 공

부해봐야 소용없잖아."

또 같은 소리다.

'하긴 난 공부해 봐야 소용없어. 난 못해.'

이렇게 속으로 생각했는데,

"그래, 넌 못해."

어? 마음속으로 말한 건데 어떻게 내 마음을 다 알고 있는 거지? 난 공부할 마음이 싹 달아났다. 교과서를 사물함에 처박아 버리니 속이 시원했다. 그렇게 4교시가 되었다. 아무것도 없는 나를 본 선생님이 내 사촌인 쾌한이를 나무랐다.

"쾌한아~ 모태는 첫 날이니 네가 챙겼어야지? 학용품이 없으면 선생님께 얘기를 해서 받아야 한다는 거 몰라?"

쾌한이가 나를 돌아보며 소리쳤다.

"아이, 참. 모태기, 삼태기 넌 입이 없냐? 손이 없냐?"

삽시간에 교실은 웃음바다가 되어 버렸다.

"모태기, 삼태기래⋯⋯. 크크크."

"야, 별명 좋네~~."

선생님이 책상을 탕, 탕, 탕 치고 나서야 아이들은 잠잠해졌다.

"아~ 조용~ 자, 모태야~ 이거 가져가서 쓰렴."

얼굴이 화끈거렸지만 조용히 학용품을 챙겨서 내 자리에 앉았다. 엄마도 나를 이렇게 내팽개쳤는데, 그깟 별명 붙이고 놀리는 게 뭐 대수야!

나는 친구들과 놀기 싫어서 점심시간에 교실에 멍하니 앉아 있었다. 그런데 둘러보니 친구들과 놀지 않는 애가 또 있었다. 이름은 우수한. 다른 아이들과는 전혀 다른 분위기의 수한이는 전교 1등이라는데 점심시간에도 공부만 했다. 참 희한한 아이다. 공부가 뭐 재미있다고 점심시간까지 저러고 있을까?

수한이에게 말을 걸어 볼까 했지만 엄마가 공부 잘하는 친구와 견주며 야단치던 생각이 떠올라 관드기로 했다. 아니, 기분이 더 나빠졌다. 공부 잘하는 수한이가 재수 없게 보였다.

오후 수업 시간에도 집중을 전혀 안 했다. 에고, 그러다 또 일이 터졌다.

"어머, 어쩜! 시킨 걸 하나도 안 했네."

선생님이 어이없다는 표정이시다. 찌릿찌릿한 선생님의 시선~ 아, 정말 못하는 걸 어쩌라고.

'전 공부 못해요.'

난 속으로 선생님께 말했다. 물론 겉으로는 아무 말 없이 그냥 가만히 있었지만 선생님은 내가 큰 문제란 생각이 드셨나보다.

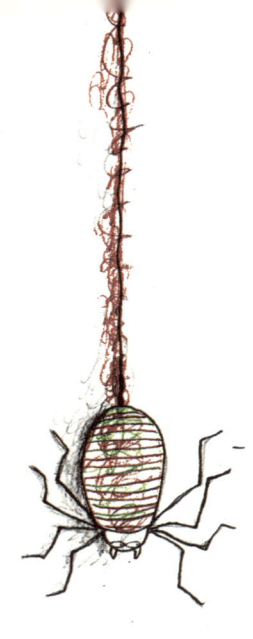

이런저런 말로 나를 달래고 위로했다.

'선생님, 전 원래 못해요.'

계속해서 속으로만 말했다.

그런데 갑자기 아이들이 재미있다는 듯 웃고 난리
가 났다. 화들짝 놀라 선생님을 쳐다보니 선생님의
얼굴이 노을처럼 붉으락푸르락 화를 참지 못하고 계
셨다.

"나모태~~~오늘은 처음이니까 특별히 봐주는 거다."

선생님은 '특별히'를 강조하시며 돌아서셨다. 그러나 표정은
문제아 한 명 만났구나 싶은 한심함을 감추지 않으셨다.

"아이고 배야!"

"모태기는 못해요, 못해요. 그래서 이름도 나모태. 하하하하!"

"모태기는 멍 때리기도 잘하네."

책상을 두드리는 아이들. 그래, 내 덕분에 너희들은 신났구나!

집에 돌아오니 이번에는 쾌한이가 누나에게 오늘 학교에서 있
었던 일을 다 일러 바쳤다. 쪽팔리게. 눈치 없는 녀석. 진짜 마음
에 안 든다니까.

"모태 넌 공부 안 하
려고 작정했구나."

누나가 걱정스럽다는 듯이
말을 꺼냈다.

"해봐야 소용없으니 그렇지."

"그럴 수도 있지만, 열심히 하면 잘할 수도 있잖아."

"누나, 난 내가 잘 알아. 난 못해.. 뭘 해도 마찬가지거든."

"휴, 넌 거미줄에 걸려 죽을 날을 기다리는 나비 같다."

거미줄에 걸린 나비라고? 거미줄! 거미줄!

난 그 자리에 멈춰 섰다. 누나가 날 몇 번 부른 것 같긴 한데 아
무 말도 들리지 않았다.

방에 들어와서도 몸이 부들부들 떨리는 느낌이 가시지 않았
다. 떨리는 손으로 목걸이를 만졌다.

"혹시? 꿈에서 나온 거미줄 얘기가 사실인가?"

혼란스러웠다. 꿈이 사실이었다면, 이모가 요정? 거미줄이란

말을 들었을 때 기분 나쁜 느낌은 뭐지? 공부도둑 마녀라는 게 진짜 있는 건가? 혼란스러웠다. 생각을 더 해보려고 했지만 막막하기만 했다. 게다가 잠이 쏟아지는 바람에 고민은 더 이상 이어지지 않았다.

"이 목걸이의 검은색 V자가 보이지? 이게 첫 번째 거미줄이야. 원래는 찬란한 빛으로 빛나야 하는 거지. 그런데 넌 그 빛을 잃어버렸어. 그래서 늘 검은색인거야. 할 수 있다는 자신감으로 가득 차 있어야만 빛날 수 있는 거란다."

내 몸은 하늘을 날고 있었다.

"네가 기분 나쁜 느낌이 드는 건 첫 번째 거미줄을 깨달았기 때문이야. 공부도둑 마녀의 거미줄이 내 몸과 마음, 머리를 칭칭 감고 있다는 느낌이 드니 너무 싫었던 거지."

하늘을 날면서 이모를 봤다. 이모의 온몸에서 은은한 빛이 뿜어져 나왔고, 한없이 따스한 느낌이 들었다. 순간 난 확신이 들었다. 이모가 요정이고, 내 꿈에 들어와 이야기를 하고 있다는 걸. 그리고 모든 게 그냥 꿈이 아니라 사실이라는 걸.

"야, 빨리 일어나. 깨달았으면 일어나야지 계속 누워서 뭐하냐?"

낯선 목소리에 나는 잠에서 깼다. 주위를 둘러보았지만 나를 깨운 목소리의 주인공은 없었다. 꿈이 덜 깼나보다. 목걸이를 움켜쥐었다.

"그래, 이게 첫 번째 거미줄이란 말이지. 늘 못한다는 말을 입에 달고 사는 내 모습이, 그게 바로 첫 번째 거미줄이었구나."

내 말이 끝남과 동시에 목걸이 끝에 달린 삼각형이 공중으로 떠올랐다. 삼각형은 어느새 분리되어 있었다. 공중으로 떠오른 목걸이는 뱅글뱅글 돌더니 검은색의 회오리를 만들어 냈고, 그 모습은 보통의 회오리와는 달랐다. 보통 회오리는 밖에서 안으로 돌아가는데, 이건 안에서 밖으로 돌아갔다. 그러니까 검은 빛이 빠져 나가고 있는 것이다. 처음에는 진하던 검은 빛은 차츰 약해지더니 조금 뒤 완전히 사라져 버렸다.

검은 빛이 사라지자 도는 걸 멈춘 삼각형은 다시 목걸이로 되돌아 왔다. 목걸이를 다시 살펴보니 V자 부분에 검은색이 사라지고 없었다. 하지만 나머지 두 개, 그러니까 별과 태양 모양은 여전히 검은색이었다.

왠지 모르게 가슴이 두근거렸다. 뭔지 모르지만 갑자기 자유로워진 느낌이 들었다. 거미줄에 걸렸던 나비가 거미줄에서 벗어나 다시 날아오르는 기분이었다. 가슴의 두근거림이 채 사라지기

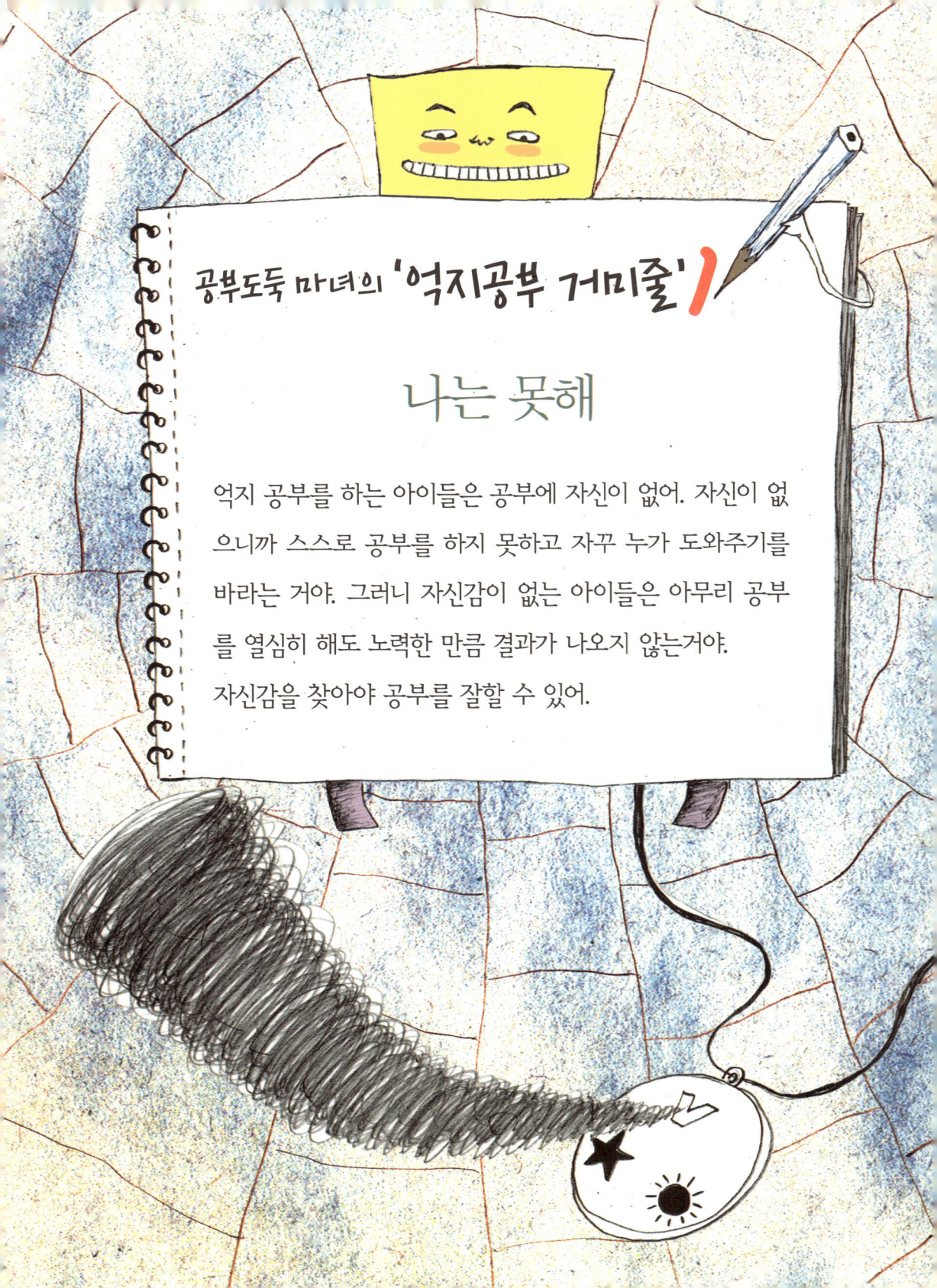

공부도둑 마녀의 '억지공부 거미줄' 1

나는 못해

억지 공부를 하는 아이들은 공부에 자신이 없어. 자신이 없으니까 스스로 공부를 하지 못하고 자꾸 누가 도와주기를 바라는 거야. 그러니 자신감이 없는 아이들은 아무리 공부를 열심히 해도 노력한 만큼 결과가 나오지 않는거야. 자신감을 찾아야 공부를 잘할 수 있어.

도 전에 정말 황당한 일, 아니 놀라운 일이 벌어졌다.

가방에서 갑자기 공책이 튀어나오더니 연필을 들고 자기 몸에 쓱쓱 글을 쓰는 거였다.

"축하, 축하, 축하!"

자기 몸에 글을 쓴 공책이 내게 말했다. 이 목소리는 조금 전 날 깨웠던 그 목소리다. 그럼 공책이 날 잠에서 깨웠단 말인가?

잠깐, 잠깐만! 공책이 말을 해? 이런 말도 안 되는 일이······.

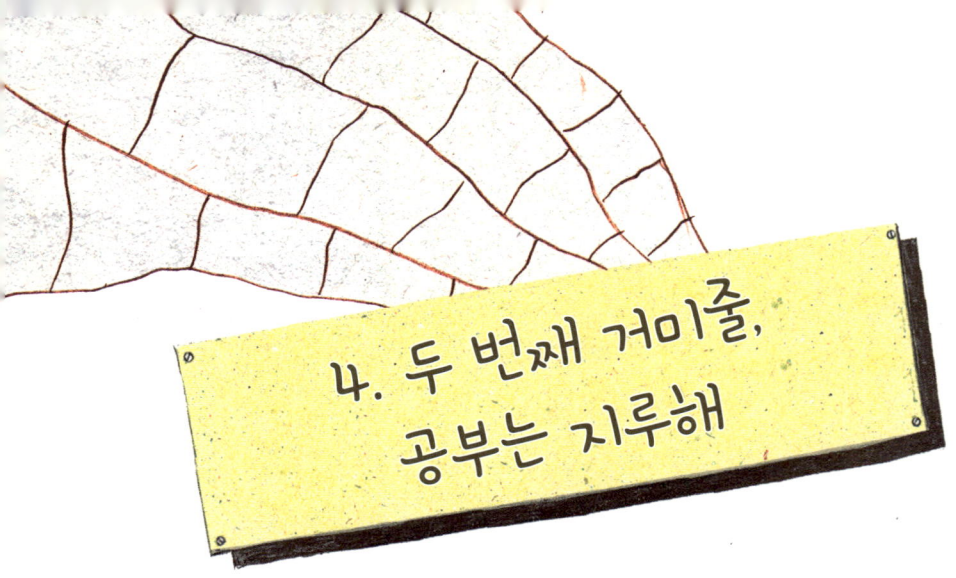

4. 두 번째 거미줄, 공부는 지루해

"공책이 말을 해?"

"그럼, 못할 게 뭐 있어~."

"못할 건 없겠지만, 흔한 일은 아니잖아."

"어쨌든 축하해! 벌써 하나 찾아냈잖아."

"뭘 찾아내? 난 찾아낸 게 없는데."

어리둥절해져 있는 날 보고,

"넌 첫 번째 거미줄을 찾은 거야. 목걸이를 하고 공부도둑 마녀의 거미줄을 찾으면 너를 얽어매고 있던 거미줄을 찾아내게 되는 거야."

"그으래?"

"계속 열심히."

툭. 갑자기 공책이 바닥에 떨어졌다. 떨어진 공책을 황급히 받았다. 마치 사람이 쓰러진 걸 부축하는 것처럼.

"너, 왜 그래? 갑자기?"

내가 공책을 너라고 부르다니 미친 짓인 거 같지만 그렇다고 "공책아~"라고 부를 수도 없는 일이고.

"너 뭔 짓이냐? 공책을 보고 너라고 하게?"

쾌한이다. 노크도 없이 벌컥 문을 열다니.

"밥 먹고 정신 차려라. 삼태기."

"넌 예의도 없냐?"

버럭 화를 냈다.

"예의? 그거 고양이가 다 먹어버려서 나한텐 요만큼도 없어. 크크크."

말 같지도 않은 걸 농담이라고 하고 있다니……. 정말 어이가 없군.

"뭘 봐. 밥 먹으라잖아."

난 놀라서 공책을 쥐고 있던 손을 얼른 놓아버렸다.

"밥 안 먹을래? 안 먹으면 네 밥 고양이 준다. 히히히."

공책이 농담을 해? 아니면 내 귀가 이상한 건가?

"고양이가 어쨌다고?"

쾌한이가 다시 문을 열고 날 쳐다봤다.

"공책이 말을 해!"

얼떨결에 큰 소리로 쾌한이에게 비밀(?)을 말해 버렸다.

으이그~ 이런.

"너, 설마?"

쾌한이는 오른 손으로 머리에 원을 그렸다. 내가 미친 거 아니냐는 표시로.

"야, 말해 봐! 빨리!"

공책을 잡고 흔들었지만, 공책은 다시 그냥 공책으로 돌아가 내 손에서 흔들리고 있을 뿐이었다.

"어허! 공책한테 화까지 내다니. 대단한 걸."

쾌한이는 우스워 미치겠다는 표정을 짓더니 문을 닫고 가 버렸다. 난 괜히 심술이 나서 공책을 발로 확 차버렸다.

"아얏!"

내참, 이걸 확! 아까 말을 했어야지. 왜 지금이냐고.

저녁을 먹고 난 뒤에도 내내 공책만 노려봤다. 흔들어 보기도 하고 주먹으로 쥐어박아 보기도 했다. 하지만 더 이상 공책은 말을 안 했다. 공책 안에 적힌 글만 또렷할 뿐. 그 글을 수십 번도 더 읽었다. 읽고 또 읽었다. 그러다 지루해져서 침대에 벌러덩 누우려는데 선생님이 내준 숙제가 생각났다.

"새 학년에 하고 싶은 일을 적어 오세요."

도대체 그딴 숙제를 왜 내주는 건지. 선생님은 우리들이 새 학년이 되면 하고 싶은 게 새로 있을 거라고 생각을 하나 보다. 날마다 똑같은 생활을 하는데 새 학년이 된 게 뭐 그리 특별한 일이라고. 게다가 글쓰기 숙제는 딱 질색이다. 글쓰기만 생각하면 재미없고 짜증난다.

"난 못…."

못한다는 말을 하려고 하는데 뭔가 이상했다. 그 말을 하면 안될 것 같아 입을 다물었다.

그나저나 왜 이렇게 사촌들이 조용한 거지? 저녁 먹기 전과 집안 분위기가 너무 달라서 이상한 느낌이 들었다. 사촌들이 뭐하는지, 특히 쾌한이가 뭐하는지 궁금하고 숙제도 하기 싫어서 거실로 나왔다.

정말 이상한 풍경이 날 기다리고 있었다. 어른들은 어디에도 보이지 않는데, 막내는 그림책을 여러 권 쌓아 두고 읽고, 쾌한이는 글쓰기 숙제를 하고 있었으며, 지혜 누나는 열심히 수학 문제와 씨름하고 있었다. 이런 말도 안 되는 풍경이라니~ 아니, 이모가 잔소리도 하지 않는데, **왜들 이러는 거야?** 슬쩍 누나가 어떤 문제를 푸나 살펴봤다. 누나가 풀고 있는 문제는 수학 경시대회 문제로 별이 다섯 개였다. 무지하게 어렵다는 뜻. 그걸 저렇게 열심히 풀다니 누나는 생각보다 공부를 잘하나 보다.

막내는 뭐가 그리 재미있는지 키득키득 웃는다. 책을 읽는 게 재미있나 보다. 난 가슴이 갑자기 답답해졌다.

사촌들이 마치 다른 우주에서 온 외계인처럼 느껴졌다. 그때 갑자기 지혜 누나가 소리를 질렀다.

"앗싸, 풀었다. 신난다."

겨우 수학 문제 하나 풀었다고 호들갑을 떨다니.

"누난, 수학 문제 푼 게 그렇게 신나?"

"당연하지. 얼마나 신나는데. 어려운 문제 붙잡고 씨름하다가 해결하면 신나지. 수학은 정말 재미있는 과목이야."

헐, 말도 안 돼. **수학이 신나고 재미있는 과목이라니.** 세상에서 가장 끔찍한 과목인데. 누나는 이상한 세상에서 왔거나, 머리가 어떻게 된 게 분명하다. 그렇지 않고서야 수학이 재미있을 리 없다.

"공부가 재미있다니 말이 돼?"

"흠, 공부를 그렇게 재미없어 하다니, 나는 네가 더 이상하다."

난 고개를 절레절레 흔들고 내 방으로 들어왔다. 재미있다고? 공부가? 난 혹시 내가 잘못되었나 싶어 선생님이 내준 숙제를 하려고 했다. 혹시나 재미있을까 해서.

물론, 당연히 하나도 재미없었다. 너무 싫었다. 싫어, 싫어, 싫어 소리가 절로 나왔다. **공부만 생각하면 그냥 짜증이 나.** 너무 싫어. 그러니 억지로 할 수밖에. 억지로 하니 뭐가 되겠어. 어휴, 억지 공부는 정말 짜증나.

"빙고!"

앗, 깜짝이야. 바닥에 떨어져 있던 공책이 휘리릭 떠올랐다.

"자, 이제 내 소개를 하지. 난 공책의 정령인 '깔끄미'야. 여긴……."

갑자기 공책의 손에 쥐어져 있던 연필에서 두 손이 튀어나오더니 공책의 입을 막고, 흠~ 공책의 입을 막았다는 게 말이 되는 건가? 아무튼 필기구가 자기 소개를 했다.

"난 필기구의 정령인 '꼼꼬미'야. 반가워."

"반…가…워."

더듬거리며 말했어.

"축하해."

"으…으…응. 고마…워."

근데 도대체 뭘 자꾸 축하한다는 거지, 혹시 이 필기 도구들의 인사말이 '축하해'인가?

"이야, 아무튼 정말 빠른 걸."

"맞아. 대단해."

깔끄미가 맞장구를 쳤다.

"저, 미안한데, 난 도대체 뭐가 뭔지 모르겠거든. 내가 뭘 찾긴 찾은 거야?"

둘은 신나게 이야기를 하다가 나를 한심하다는 듯 봤다.

"내참 기가 막혀서. 너 조금 전에 공부만 생각하면 짜증나고, 억지로 한다고 생각했잖아."

꼼꼬미가 말했다.

"그랬지. 그런데 그걸 어떻게 알았어? 난 속으로 생각했는데."

"어휴, 정말~ 네 목걸이는 괜히 있는 줄 아니?"

"그럼, 이 목걸이가?"

"그래, 너에 대한 모든 것을 알 수 있게 해줘. 우린 너의 목걸이와 연결되어 있거든."

헉! 내 생각을 공책과 연필이 다 들여다본다는 말이잖아. 갑자기 목걸이를 벗을까 하는 생각을 하는데,

"그래도 모르겠니?"

꼼꼬미는 구박하듯이 말했다.

"어? 응, 아니. 그, 그러니까 혹시 그렇다면 두 번째 거미줄은 공부에 재미를 느끼지 못하고, 억지로, 억지로 공부하는……. 내 모습이……."

내 말이 끝남과 동시에 목걸이 끝에 달린 삼각형이 공중으로 떠올랐다. 첫 번째 거미줄을 발견했을 때와 마찬가지로 삼각형은

어느새 분리되어 있었다. 공중으로 떠오른 목걸이는 뱅글뱅글 돌더니 검은색의 회오리를 만들어 넜다. 이번엔 더 거센 회오리였다. 검은 기운이 회전을 하면서 모조리 빠져 나갔다. 검은 빛은 지난번과 마찬가지로 방문 틈으로 사라졌다. 검은 빛이 사라지자 도는 걸 멈춘 삼각형은 다시 내 목걸이로 되돌아 왔다. 목걸이를 살펴보니 별표 부분에 검은색이 사라지고 없었다. 이제 남은 하나, 그러니까 태양 모양만 여전히 검은색이었다.

"잘 봐. 이게 바로 네가 찾은 두 번째 거미줄의 정체니까."

꼼꼼미는 스스로 몸을 움직이더니 깔끄미의 몸, 그러니까 공책에 글을 썼다.

53

공부도둑 마녀의 '억지공부 거미줄' 2

공부는 지루해

억지 공부를 하는 아이들은 공부가 재미없어. 재미가 없으니까 스스로 공부를 하지 못하고, 높은 수준에 이르지도 못해. 재미없는 걸 잘하는 사람은 거의 없어. 공부하는 재미가 없으면 공부를 잘하지 못해. 혹 재미없어도 잘하는 아이들이 있기는 하지만, 그건 오래 가지 않아.

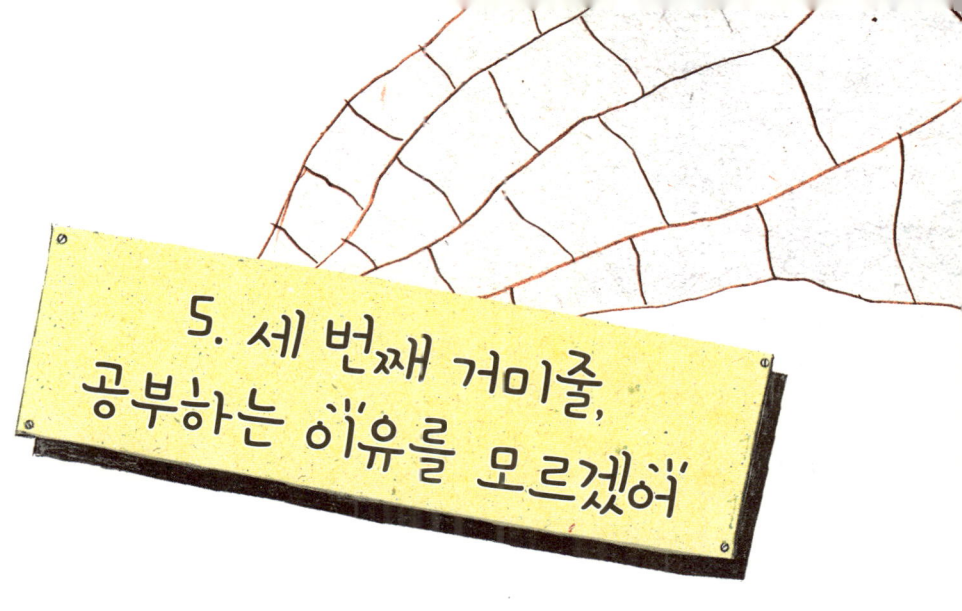

5. 세 번째 거미줄, 공부하는 이유를 모르겠어

「새 학년에 하고 싶은 일은 없습니다. 그냥 아무 일도 안 하고 지내고 싶습니다.」

내가 한 숙제다. 그래도 1시간 동안 고민 끝에 쓴 글이다. 말도 안 된다고 하겠지만 어쩌겠는가? 내 수준이 그런 걸. 더 길게 써야겠다는 생각은 들었지만 역시 '난 못해'로 끝냈다. 이렇게 숙제를 한 게 어딘데. 선생님은 내가 쓴 글을 보시더니 한참을 한심하다는 표정으로 쳐다보셨지만 난 모른 척 딴 짓을 했다.

둘째 날도 여전히 공부에 집중할 수가 없었다. 알 수 없는 소리가 계속 방해를 했으니까.

"넌 못해. 해 봤자 안 되잖아."

"공부는 재미없어. 그 지루한 걸 왜 해?"

자꾸 명령하는 것 같아서 싫었지만 마음이 그리 끌리는 건 어쩔 수 없었다. 이상하게도 그 목소리를 들으면 손에서 물이 빠져 나가듯 공부하려는 마음이 사라져 버렸다. 게다가 엄마도, 학원 선생님도, 과외 선생님도 없으니 날 억지로 공부시킬 사람도 없고. 그러니 마냥 놀기만 해도 된다는 생각이 들었다. 하지만 솔직히 실컷 놀기라도 하면 좋으련만 친구들과 어울리기도 싫어서 교실에서 멍하니 있기만 했다. 물과 기름이 겉돌 듯 집에서도 마찬가지였다.

그렇게 일주일이 지난 어느 날. 그날따라 너무 심심해서 밖으로 나가 보려고 했다. 그러나 평소엔 늘 열려져 있는 문이 닫혀져 있는 게 아닌가. 엄마가 열어도 잘 안 열리던 저 창문과 현관문을 내가 열 수 있을까? 문 여는 것을 두려워한다면 누가 믿을까?

창문을 옆으로 밀었다. 역시 예상대로 열리지 않았다. 있는 힘을 다해 밀었는데도 위쪽만 살짝 움직일 뿐 아래는 꿈쩍도 안 했다. 이걸 어떻게 여는 거지? 아, 맞아. 살짝 들라고 했지!

이모의 말을 떠올리고는 창문을 살짝 들어서 옆으로 밀려고 했다. 하지만 창문을 드는 건 쉽지 않았고, 겨우 겨우 어찌어찌해서 휴, 힘들게 일차 관문 돌파! 두 번째 관문이 눈앞에! 심호흡을 하고 힘차게 유리로 된 현관문을 밀었다. 뭐야, 이거! 꿈쩍도 안 하잖아. 낑낑, 씩씩, 헉헉! 아, 진짜 왜 이렇게 안 열리는 거야!

현관 주변은 전부 유리였는데, 유리 바깥에 검은 고양이 한 마리가 나타나 나를 보고 있었다. 완전히 검은색은 아니고 입에 마스크를 하고, 흰색 신발을 신은 고양이었다.

(혹시나 해서 하는 말인데, 진짜로 마스크를 하고 흰색 신발을 신은 건 아니라는 거 알지? 그런 오해는 말라고.)

고양이는 문을 열기 위해 애를 쓰고 있는 날 가만히 보더니, 웃었다. 고양이가 웃다니……. 진짜 손으로 아니 앞발로 입을 가리고 키득거렸다.

엄마에게 버림받고, 공부도둑 마녀의 거미줄에 걸리고, 이런 낡은 집에 갇힌 것도 억울한데, 고양이까지 비웃다니 참을 수가 없었다. 너무 신경질이 나서 문을 있는 힘껏 여러 번 밀쳤지만 소용없었다. 난 못해! **난 왜 이렇게 되는 게 없냐!** 그때서야 혹시나 하는 마음에 마음을 가라앉히고 간절한 마음으로 문을 살짝 들면서 밀어 보았다. 쉽진 않았지만 "키리릭, 키리릭"거리며 어렵게 문이 열렸다. 휴~. 겨우 2차 관문 돌파!

"이 집 사람들은 이 짓을 날마다 하는 거야? 미치겠다, 진짜."

나가자마자 나를 비웃던 고양이를 찾아 두리번거리니 고양이는 어느새 집 둘레의 돌담에 앉아 고개를 살짝 기울이고는 날 향해 앉아 있는 게 아닌가? 고양이에게 다가갔다. 날 놀린 걸 따지고 싶어서. 고양이에게 놀린 거 따지려고 하다니. 세상에 내가 어떻게 된 게 분명해. 공책에 연필에 이제 그양이까지……. 내가 고양이에게 다가가자 고양이는 뒷걸음질을 치며 도망쳤다. 어? 고양이가 뒷걸음질을? 돌담은 점점 높아져 내 키를 훌쩍 넘어버렸고, 고양이는 계속 뒷걸음질 치고. 난 딴청을 부리는 듯 하다가 재빨리 고양이를 움켜잡으려고 폴짝 뛰었다. 하지만 안타깝게도 고양이 꼬리만 내 손을 스쳤을 뿐이었다. 아이고 아까워라! 고양이는 돌담 안으로 뛰어내리더니 사라져버렸다.

　돌담은 내가 폴짝폴짝 뛰어도 안쪽이 보이지 않을 정도로 높았기 때문에 숨이 헐떡일 정도로 재빨리 뛰어서 돌담을 돌았다. 고양이를 놓치고 싶지 않았으니까. 진짜 열심히 뛰어서 돌담을 돌았는데 이게 웬일? 다시 이모네 집 현관이 나타나는 게 아닌가? 어, 어찌된 일이지? 자세히 보니 돌담은 이모네 집 뒤뜰로 이어져 있었다. 그렇다면 뒤쪽 어딘가에 문이 있겠군.

　돌담 문을 찾기 위해 뒤뜰로 갔고, 역시 예상대로 비밀의 문처럼 생긴 문이 기다리고 있었다.

떨리는 가슴을 겨우 진정시키고 문을 살짝 밀었다. 두세 번 밀었지만 집에서 문을 열 때처럼 꿈쩍도 안 했다. 뭐야, 또 안 열려? 진짜 이 집 문은 한 번에 열리는 게 없냐. 나는 혹시나 하는 마음으로 문을 살짝 든 뒤에 밀어 보았다. 열렸다. 아무래도 이모네 집 문은 전부 살짝 들어야만 열리는 마술에 걸렸나 보다.

문을 살며시 열고 돌담 안을 들여다봤다. 와, 세상에. 이렇게 많은 항아리를 한꺼번에 본적이 있었던가! 진짜 백 개, 아니 천 개도 더 될 것 같은 항아리가 넓은 돌담 안쪽에 가득했다. 항아리들 중에 절반 정도는 천막에 가려져 있었고, 나머지는 햇빛에 드러나 있었다.

놀란 눈으로 항아리를 구경하다 마침내 내가 찾고 싶은 걸 찾았다. 바로 아까 날 놀리던 그 고양이! 항아리 중 하나에 고양이가 떡하니 앉아서 마치 나를 기다리기라도 한 것처럼 보고 있는 게 아닌가? 내가 어떻게 할까 머뭇거리고 있을 때 고양이가 앞발로 나를 불렀다. (착각한 거 아니냐고? 아니야, 분명히 나를 불렀다니까.) 고양이가 부르는데 가야 하나, 말아야 하나 망설이는데,

"모태니? 가만히 서 있지 말고 이쪽으로 오렴."

이모의 모습은 보이지 않고 소리만 들렸다. 어디로 가야할지 몰라 망설이는데, 고양이가 훌쩍 뛰어내리며 항아리 밑으로 사라졌고, 잠시 뒤 어깨 위에 고양이를 얹은 이모가 나타났다.

"어서 오렴."

얼른 이모에게 다가갔지만 이모가 뭔가 열심히 하시는 것 같아 잠시 기다렸다가 이모에게 물었다.

"이 많은 항아리는 다 뭐예요?"

고양이는 계속 이모 어깨 위에 앉아서 날 바라봤다.

"된장, 간장, 고추장, 감식초, 효소 같은 것들이야."

설명을 듣고 나니 사실 조금 실망스러웠다. 신비한 마법 약이 아니라니.

"이 많은 걸 어디다 써요?"

"이모부가 새벽에 나가서 배달하고 오는 게 바로 이것들이야."

이모는 뚜껑을 열고 안을 살펴보더니 다시 닫기를 반복했다.

"식당이나 가게에 배달하는 거야. 항상 시켜 먹는 집들도 꽤 있어서 가정집에 배달해주고 오기도 해."

나는 그제야 이모네 집이 어떻게 먹고 사는지 이해할 수 있었다.

이리저리 항아리들을 살피다 조금 이상한 모양의 항아리를 발견했다. 역시 내가 기대한 대로 거기엔 굳에 새겨진 별과 같은 문양의 항아리들이 가득 보였다. 항아리들은 하얀 끈으로 완전히 꽁꽁 묶여 있었다. 눈치 빠른 친구들은 알아챘겠지만 내 목걸이 모양에도 들어 있었다.

그럼 그렇지. 뭔가가 있는 거야?

"이모 혹시?"

이모에게 뭔가 물어보려고 하는데 지혜 누나의 목소리가 들렸다.

"엄마, 전화! 이모야!"

제대로 묻지도 못한 채 이모와 나는 전화를 받으러 집으로 들어왔다. 지혜 누나가 전화기를 내게 넘기면서 말했다.

"모태부터 바꿔 달래."

그러더니 누나는 아주 가볍게 두 관문을 돌파하고는 밖으로 나가 버렸다. 전화를 받자마자 엄마의 카랑카랑한 목소리가 들려온다.

"모태, 공부 잘하고 있니?"

"……."

"솔직히 말해. 나모태! 너 숙제 제대로 안 해 가지? 네가 조금만 하면 거기선 1등도 할 수 있어. 넌 여기서 늘 지기만 했어. 그건 네가 열심히 안 했기 때문이야. 알지? 그러니까 더 열심히 해. 엉덩이 오래 붙이고 있고. 공부는 머리로 하는 게 아니라 엉덩이로 하는 거니까. 알았지?"

숨이 막혀 온다. 도대체 왜 하는지도 모르는 공부를 엄마는 늘 하라고 한다. 난 늘 엄마가 시키니까 공부했다. 왜 공부하는지도 모른 채 그냥 시키니까 억지로 했다. "엄마 난 공부하기 싫어!"라고 소리치고 싶었지만 그건 마음 뿐.

그때 갑자기 이모가 전화선을 손으로 움켜쥐었다. 헉! 저건 또 뭐지? 이모 손에서 붉은색, 푸른색, 녹색의 빛이 한꺼번에 뒤엉켜 쏟아지고, 전화선이 거미줄처럼 늘어나더니 이모 손을 칭칭 감았다. 너무 놀라서 들고 있던 전화기를 놓쳐 버렸다. 그러나 이모는 아랑곳하지 않고 거미줄처럼 늘어난 전화선을 더 꽉 쥐셨다. 그때

이모 어깨 위에 앉아 있던 고양이가 날카로운 울음소리를 내더니
거미줄, 아니 거미줄 같은 전화선을 향해 달려들어 날카로운 이
빨로 물어뜯어 버렸다.
　　그런데 희한하게도 고양이가 물어뜯었
다고 생각한 전화선은 없고,
거미줄이 이모 손에서
풀리더니 벽을 타고
도망쳤다.

하지만 고양이는 멈추지 않고 거미줄을 쫓았다. 도망가던 거미줄은 내 방문 앞에서 고양이에게 붙잡혔고, 고양이가 거미줄의 가장 두툼한 곳을 날카롭게 물어뜯자 거미줄은 축 늘어졌다.

잠시 뒤, 거미줄 한 가운데서 내 손바닥만큼이나 큰 검은 거미가 힘없이 미끄러져 나오는 게 아닌가. 세상에! 저렇게 큰 거미가 있다니? 무시무시했다.

"이게 끝이 아니다."

거미는 그렇게 말하고 축 늘어졌다. 근데 이건 많이 듣던 목소린데? 이 소리는? 그래 학교에서 내가 공부

를 하려고 할 때마다 들렸던 바로 그 목소리였다. 날 방해
하던 그 목소리.

　이모는 부엌에서 작은 항아리를 꺼내더니 뚜껑을 열
었다. 그러자 마치 자석이 철을 끌어당기듯 거
미와 거미줄이 항아리로 빨려 들어가
버렸다.

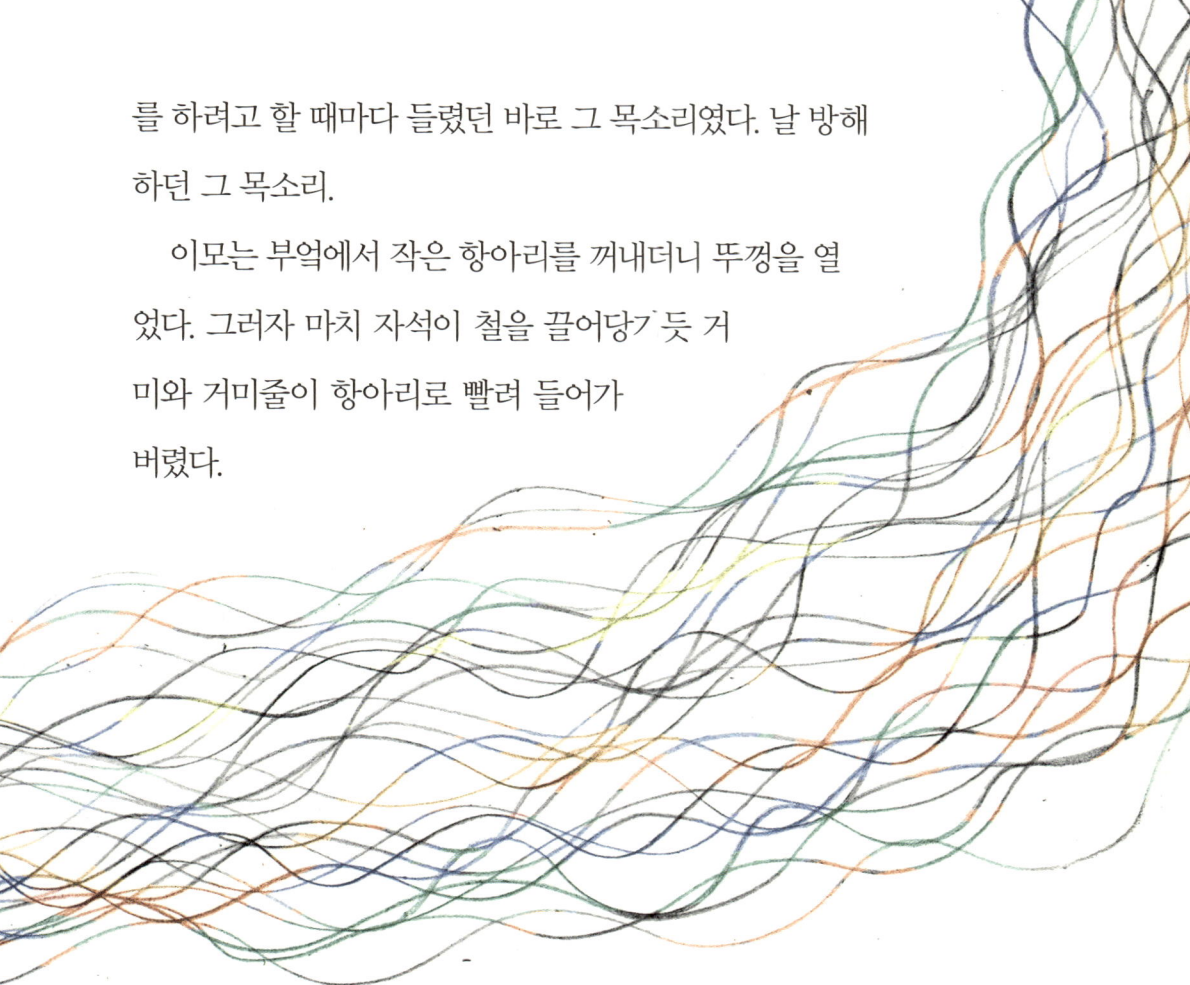

　　　역시 작은 항아리에도 별 모양이 새겨져 있었다.
저것도 마법 항아리구나! 이모는 마법항아리를 끈으로 단단히 묶
으며 말했다.

　"모태야, 네가 통화한 건 엄마가 아니라 공부도둑 마녀였어. 엄
마는 지금 너보다 더 열심히 공부도둑 마녀의 거미줄에서 벗어나

기 위해 애쓰고 있단다. 놀랐을 테니 잠시 쉬렴. 궁금한 건 나중에 물어 보고."

후들거리는 다리를 겨우 끌고 내 방에 와서 누웠다. 엄마, 아니 공부도둑 마녀가 전화로 했던 말은 예전에 엄마가 늘 했던 말이다. 귀가 닳도록 수없이 들었던 말들. 난 아직도 내가 왜 공부해야 하는지 모르겠다. 그냥 시키니까, 중요하다고 하니까. 유명한 대학이 어쩌느니, 좋은 직업이 어쩌느니, 돈이 어쩌느니 하는 말은 정말 많이 들었지만 가슴에 와 닿는 건 하나도 없었다.

그런데 정신을 차리고 보니 내가 책상에 앉아 있는 게 아닌가. 내가 왜 이러지? 아무것도 하지 않으면서 책상엔 왜 앉아 있는 거야. 그 순간 나도 모르게 눈에서 눈물이 주르르 흐르고 동시에 내 속에 쌓여 있던 감정이 폭발했다.

"난 왜 이렇게 앉아 있어야 하는 거야. 내가 왜 공부해야 하는지 모르겠어. 내가 왜 공부해야 하는지, 정말 모르겠단 말이야. 왜 이렇게 재미없고, 잘하지도 못하는 공부를 내가 억지로 해야 해! 정말 모르겠어. 모르겠단 말이야!"

울부짖으며 공책과 연필을 던져버렸다. 공부를 못하는 게 마치 공책과 연필 때문이기라도 하듯이. 가슴이 답답해 미칠 것 같았다. 목걸이가 내 몸을 끌어당기지 않았다면 뭐든 부셔버렸을지도 모른다. 목걸이가 내 몸을 끌어당기자 내 몸은 목걸이의 힘에 이끌려 방 안으로 두둥실 떠올랐다.

주위는 온통 검은 빛이었고, 세상이 뱅글뱅글 도는 것처럼 어지러워서 정신을 잃을 뻔했지만 잠시 뒤 검은 빛이 사라지면서 내 몸은 다시 의자로 내려앉았다.

정신을 차릴 사이도 없이 갑자기 가방에서 책이 튀어나왔다. 이번엔 책이야?

"축하해. 난 책의 정령인 '똑또기'님이야. 난 이름 그대로 셋 중에서 가장 똑똑하지. 가장 똑똑하신 똑또기님께서 쓰는 글이니까. 명심! 또 명심하도록."

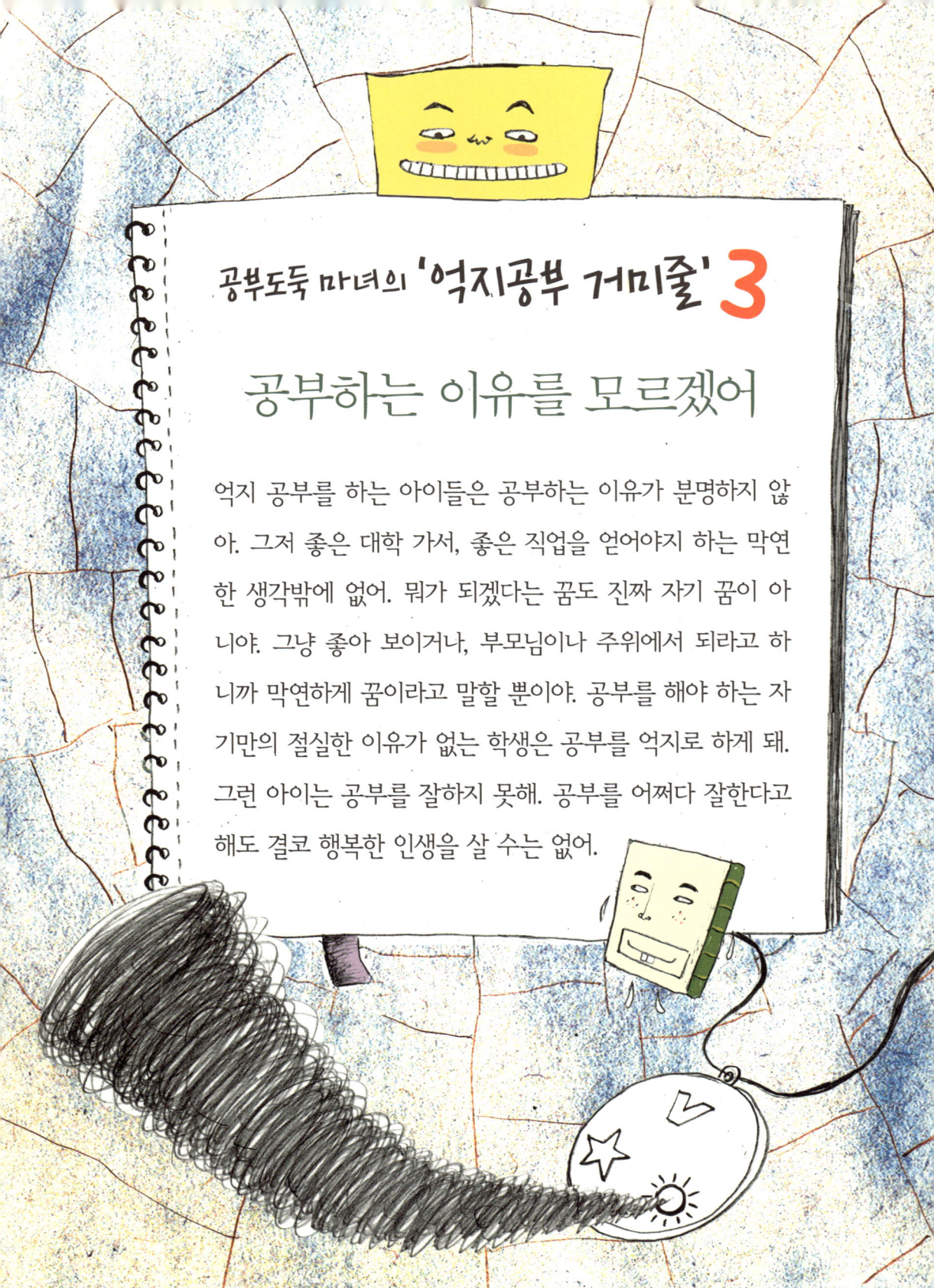

공부도둑 마녀의 '억지공부 거미줄' 3

공부하는 이유를 모르겠어

억지 공부를 하는 아이들은 공부하는 이유가 분명하지 않아. 그저 좋은 대학 가서, 좋은 직업을 얻어야지 하는 막연한 생각밖에 없어. 뭐가 되겠다는 꿈도 진짜 자기 꿈이 아니야. 그냥 좋아 보이거나, 부모님이나 주위에서 되라고 하니까 막연하게 꿈이라고 말할 뿐이야. 공부를 해야 하는 자기만의 절실한 이유가 없는 학생은 공부를 억지로 하게 돼. 그런 아이는 공부를 잘하지 못해. 공부를 어쩌다 잘한다고 해도 결코 행복한 인생을 살 수는 없어.

"이제 알겠니?"

똑또기가 나에게 물었고 무심결에 대답하려고 했는데,

"야, 그만 해라. 모태가 스스로 찾았는데 뭘 네가 가르쳐 주는 것처럼 잘난 체 하냐?"

꼼꼬미가 나타났다.

"흠, 무슨 소리~ 이 몸이 정리해주지 않으면 깨달을 수 없을 걸."

"어휴, 그 잘난 척은. 정말."

"그래, 힘내. 무엇보다 넌 벌써 세 가지 거미줄을 전부 찾아냈잖아."

"세 가지 거미줄?"

"목걸이를 봐."

정말이다. 그전까지 태양 모양에 남아 있든 검은 빛도 완전히 사라지고 없었다. 너무 투명해서 목걸이가 없는 것 같았다.

멍하니 목걸이를 보고 있으니 꿈 속에서 들었던 말이 생각났다. 내가 찾아야 할 것은 자율 공부의 빛, 자율 공부의 빛은 세 가지로 이루어졌는데, 세 가지를 찾으려면 먼저 공부도둑 마녀의 세 가지 거미줄을 발견해야 한다. 그리고 난 조금 전 마지막 세 번째 거미줄을 발견한 것이다.

"이 몸께서 자세히 더 설명해주지. 자율 공부의 빛은……."

똑또기는 조금 잘난 척이 심했다.

"꿈에서 들었던 얘기가 다 생각났어. 그러니까 안 해도 돼."

"넌 그게 꿈이었다고 생각하니?"

똑또기가 정색을 하며 말했다.

뭐야? 그럼 그게 꿈이 아니었던 말이야? 내가 하늘을 날던 그게? 진짜 내가 하늘을 날았단 말이야? 맙소사.

6. 내 사랑 냥냥이

공부도둑 마녀가 쳐 놓은 세 가지 거미줄을 모두 발견하고 난 뒤 어떻게든 공부를 해보겠다는 결심을 했다. 그래, 한번 해보는 거야. 다시 해보자. 까짓 거 하면 안 되겠어?

그렇게 결심한 날 선생님이 3일 뒤에 독서퀴즈를 한다며 열심히 책을 읽어오라고 하셨다. 책도 나눠줬다. 제법 두툼했다. 난 열심히 책을 읽었다. 공부도둑 마녀의 거미줄도 찾아냈으니 달라질 거야, 그래 반드시.

난, 정말, 정말 열심히 읽었는데, 아, 이런, 나는 뒤에서 2등을 했다. 내가 그렇게 못났다고 생각했던 유쾌한 은 앞에서 2등을 했다. 말도 안 돼. 내 밑에는 우리 반에서 제일 말썽쟁이고 멍청한 왕장난이밖에 없다. 어휴, 난 뭘 해도 안 되는구나. 아예 안 하는 게 더 낫겠어. 해봐야 소용없으니까. 3일 동안 제법 열심히 노력한 뒤에 난 오히려 공부도둑 마녀의 거미줄에 꽁꽁 묶인 기분이 들었다.

비참한 기분에 잠이 들었는데 새벽에 이모가 깨우셨다. 귀찮았다. 싫었다. 이모가 요정이라고 해도 이런 내 기분을 바꿔줄 수는 없을 테니까. 이불을 뒤집어쓰고 깊이 잠든 체하며 돌아누워 버렸다. 그때 이모가 머리를 쓰다듬는데 그와 동시에 머리를 꽉 채우던 귀찮음이 사라져 버렸다. 이건 뭐지? 진짜 신기한데. 물론 잠도 다 달아나 버렸고.

"내 손을 잡으렴."

얼떨결에 이모 손을 잡았다. 그런데 내가 이모 손을 잡는 동시에 갑자기 침대가 뒤집히듯 흔들리더니 몸이 이불속으로 쏙~빨려 들어가 버리는 게 아닌가. 그리고 미처 소리를 지르기

도 전에 순식간에

낯선 곳에 도착했다. 여길 어떻게 설

명해야 할까? 그러니까 마치 축구공 반을 잘라

서 지붕으로 엎어 놓은 것 같은 둥그런 모양의 방이었다.

주위에는 알 수 없는 은은한 빛이 감돌았다.

　"이모, 여기가⋯⋯."

　"조용히 하고, 저기 봐."

　이모는 쪼그려 앉으며 한쪽을 가리켰다. 처음엔 잘 보이지 않

았지만, 자세히 보니 고양이 한 마리가 웅크리고 있는 모습이 보

였다. 뭔 일인가 싶어서 이모에게 물어보려고 했지만 이모는 가만

히 고양이만 쳐다보고 계셨다. 할 수 없이 나도 이모를 따라했다.

얼마 뒤 고양이가 몸을 뒤척였고, 품에서 무언가 꾸물거리는 게

보였다. 저게 뭘까? 뭐지? 눈을 부릅뜨고 한참을 본 뒤에야 꿈틀거

리는 게 뭔지 알았다. 아기 고양이었다. 아기 고양이! 세상에 이

런 일이! 내가 아기 고양이가 태어나는 걸 보고 있다니!

　하나, 둘, 셋, 넷 모두 네 마리! 엄마 품에 파고드

는 아기 고양이의 사랑스런 모습이라니⋯⋯. 아

기 고양이 중 세 마리는 완전히 검은 고양이

였고, 나머지 한 마리는 엄마처럼 마스크를

쓰고 흰 신발을 신고 있는 모습이어서 절로 웃음이 났다. 어쩜 그리도 엄마를 닮았는지.

근데 갑자기 이모가 일어서며 내 손을 잡았다. 어? 어? 지금 한참 고양이를 보고 있는 중인데. 더 보고 싶은데……. 하지만 내 몸은 이미 침대 위였다.

"다시 보고 싶어요."

"그래, 내일 또 보자."

"아이들은 잠을 자야 한단다. 잘 자렴."

안 자려고 했다. 아니 잠들 수가 없었다. 하지만 이모의 손길이 스치자마자 잠에 빠져 들었다.

아침에 일어나자마자 이모에게 달려갔다.

"아기 고양이는 어디 있어요?"

"어제 그 자리에 있지."

"거기가 어디에요?"

"너, 보고 싶구나? 그런데 어쩌지? 아직은 알려줄 수 없거든. 공부도둑 마녀에게 들키면 위험해. 아기 고양이들을 보고 싶겠지만 내일 새벽까지 기다리렴."

학교에서도 하루 종일 아기 고양이 생각만 했다. 물론 집에서도 마찬가지였고. 공부도둑 마녀가 쳐 놓은 거미줄도, 자율 공부의 빛도 깡그리 잊어버린 채 오직 내 머릿속엔 아기 고양이, 아기 고양이 생각뿐이었다. 아, 생각할수록 사랑스러운 아기 고양이.

다음 날 새벽에 이모와 난 다시 아기 고양이를 만나러 갔다.

"앞으로 두 달은 아기들에게 엄마가 젖을 먹여야 해. 그러니 엄마가 잘 먹어야 한단다."

이모는 고양이가 좋아하는 먹이를 준비해서 내게 주도록 했다. 엄마 고양이 품에서 꼼지락거리는 아기 고양이를 정신없이 쳐다보며. 발 하나, 꼬리 하나 모든 움직임을 놓치지 않으려고 했다. 아기 고양이들은 가끔 하품을 하며 눈을 비비곤 했는데 그 사랑스런 모습이라니, 아, 깨물어 주고 싶어. 어찌나 귀여운지!

그렇게 일주일 동안 새벽마다 아기 고양이를 만났고, 낮에도 아기 고양이를 보고 싶어서 어쩔 줄 몰라 했다. 그때마다 이모를 졸랐지만 이모는 미소를 지으며 안 된다고만 했다. 일주일 뒤, 내가 듣고 싶은 말, 기다리고 기다리던 말을 들었다. 그 순간 내가 들은 말은 지금껏 살아오면서 들은 말 중 가장 반가운 말이었다.

"이제 엄마가 아가들을 보호할 힘을 회복했단다. 항아리가 있는 곳에 아기 고양이들이 지낼 집을 마련할 거야."

"그럼, 날마다 아기 고양이를 볼 수 있는 거죠? 야, 신난다. 고마워요 이모, 진짜 고마워요."

이제 날마다, 시간마다, 보고 싶을 때마다 아기 고양이를 볼 수 있는 거야. 나도 모르게 폴짝폴짝 뛰었다. 이모의 도움 없이도 하늘을 날 수 있을 것 같은 기분이었다.

당연한 얘기지만 그 뒤로 날마다 아기 고양이와 지냈다. 아침에 일어나자마자, 밥을 먹자마자, 학교에 다녀오자마자 아기 고양이 앞으로 달려갔고. 마음속으로 계속 중얼거렸다.

'행복해. 진짜 행복해. 내가 이 세상에 태어나 맛본 최고의 행복이야.'

수업 시간에도 온통 고양이 생각뿐이었다. 고양이 생각에 빠져서 억지 공부도, 자율 공부도 완전히 잊어버렸다. 차라리 다행인지도 모른다. 해봐야 안 되고, 공부는 지겹고, 공부하는 이유도 모른 채 공부에 매달리는 힘겨움을 완전히 잊어버렸으니까. 난 온통 고양이 생각뿐이었고, 그걸로 행복했다.

사촌들과 우린 각자 한 마리씩 이름을 지었다. 지혜 누나는 방실이, 쾌한이는 토실이, 창한이는 껌벅이라는 이름을 선물했다. 난 흰 마스크를 쓴 아기 고양이에게 **냥냥이**라는 이름을 선물했다. 냐옹, 냐옹거리는 게 꼭 냥냥거리는 소리로 들렸기 때문이다. 냥냥이, 내가 세상에서 가장 사랑하는 고양이의 이름이다.

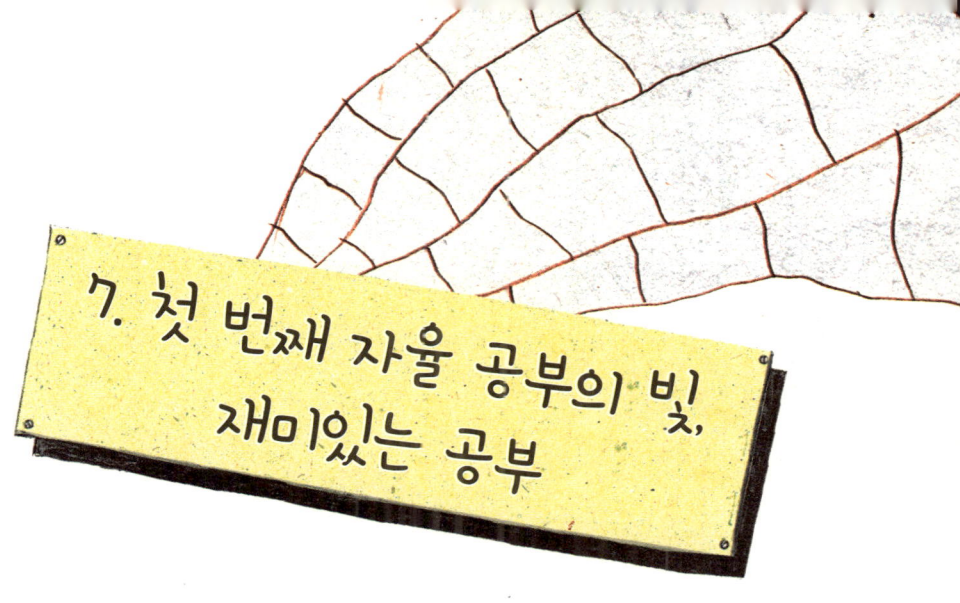

7. 첫 번째 자율 공부의 빛, 재미있는 공부

이럴 수가! 중간고사 날인데 늦잠을 자다니……. 화들짝 놀라서 얼른 가방을 챙겨서 학교로 갔다. 겨우 지각을 면했지만 허겁지겁 정신이 없었다.

드디어 첫 시험인 수학 시험 시간. 정말 열심히 공부했으니까 잘 볼 수 있겠지. 문제를 받아들었는데, 이게 뭐야? 왜 이러지? 내가 공부한 게 아니잖아? 이게 어떻게 된 거지? 시험 범위가 완전히 달라! 분명 선생님은 1장과 2장이 시험 범위라고 했는데, 문제는 전부 3장과 4장에서만 나오다니. 이게 도대체 무슨 일이지? 어쩌면 좋지? 어쩌면 좋아. 나는 한 문제도 제대로 풀 수가 없었다.

거의 대부분을 그냥 찍어댔다. 문제와 답을 맞춰 보는 게 아니라 마음에 드는 번호를 고르는 것처럼, 맞는지 틀리는지 알지도 못한 채.

이제 답안지를 제출해야 할 시간이다. 그런데 선생님은 내 답안지를 받지도 않으시는 거다. 아니 왜? 선생님, 제 답안지 여기 있어요. 왜 안 가져가세요? 선생님! 선생님! 소리를 질렀지만 어떻게 된 일인지 소리가 전혀 나오지 않았다. 이대로 선생님이 나가 버리면 난 빵점인데. 오! 이런! 그건 안 돼! 빵점이라니! 진짜 안 돼!

답안지를 들고 자리에서 일어나 선생님을 쫓아가려고 했지만,

"넌 공부 못하잖아. 이거 핑계대고 빵점 맞아. 선생님도 뭐라고 안 할 거고, 엄마도 절대 야단치지 못할 걸."

느끼한 거미의 목소리가 들렸다. 사라진 줄 알았는데.

"안 돼, 안 된단 말이야."

발버둥을 치며 나가려고 했지만 꼼짝할 수가 없었다. 거미줄이 온몸을 칭칭 감아 버렸기 때문에. 구해 줘, 구해줘! 나 좀 살려줘! 소리를 질렀지만 소리는 입안에서만 맴돌기만 할 뿐이었다.

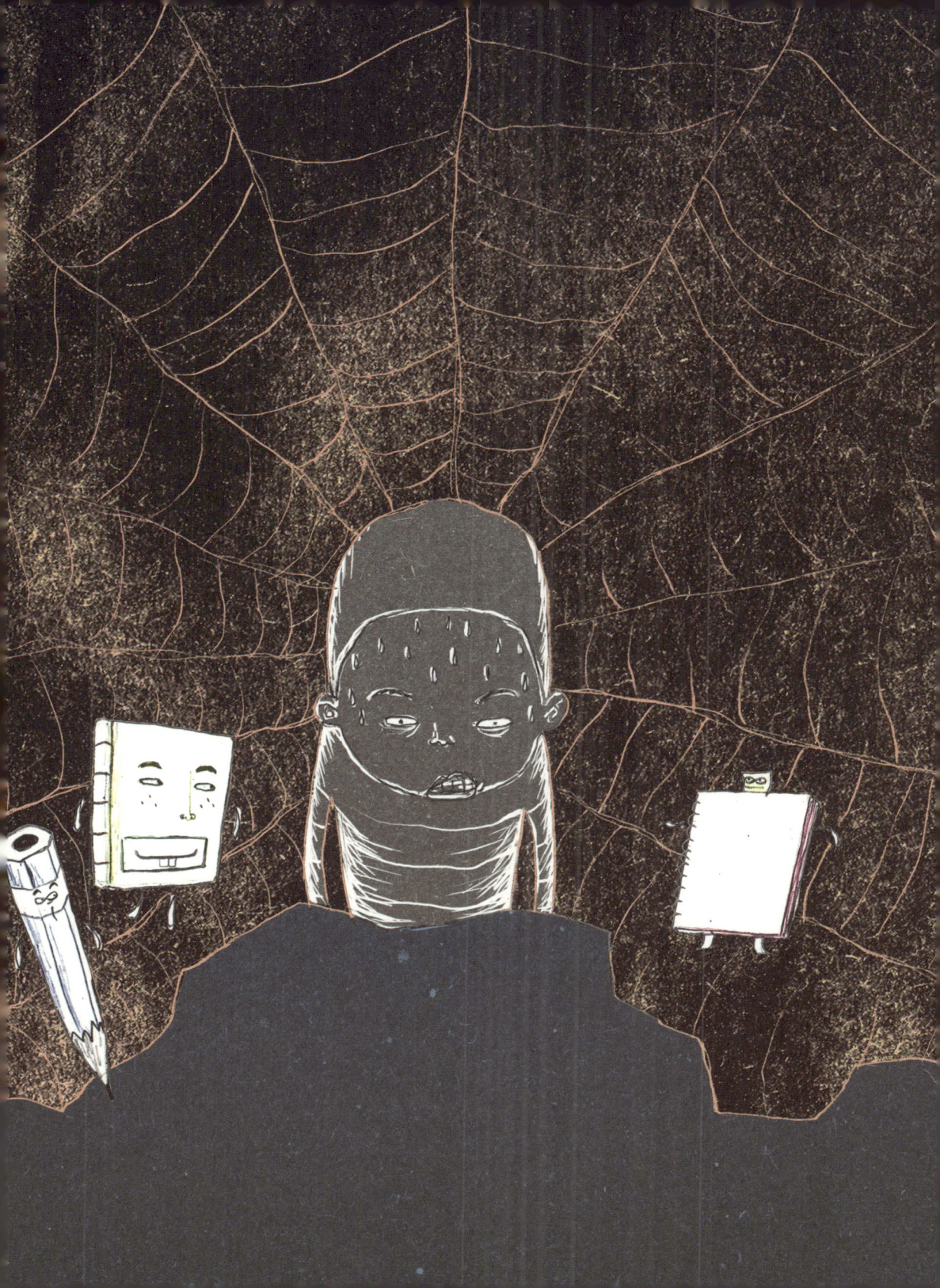

으악! 소리와 함께 눈을 또 보니 정령들이 둘레에 있었다.

"쯧쯧, 시험을 망치는 악몽을 꾸었구먼."

"학생들이 꾸는 가장 끔찍한 악몽이지."

등이 축축했다. 식은땀을 엄청나게 흘렸나 보다. 더 자야 하는데 다시 악몽을 꿀까 봐 잠드는 것이 두려웠다.

중간고사가 다가오면서 날마다 이런 꿈을 꾸었다. 매번 어떤 일로 인해 시험을 보지 못하거나, 빵점을 맞았다. 잠들기가 무서워 악몽에서 깨어날 때마다 차라리 잠깐씩 시험공부를 할까 생각했지만 이내 포기했다. 해도, 안 해도 점수가 안 나올 거라고 생각하니 할 마음이 사라져 버린 거다. 차라리 공부 안 해서 시험 점수 나쁘게 나왔다고 핑계를 대는 게 낫다는 생각이 들었다.

쾌한이는 낮에는 놀고, 저녁 먹은 뒤에는 책 읽고, 글쓰기만 했다. 저렇게 공부를 안 하고 만날 책 읽고 글만 쓰니 성적이 뒤에서 두 번째지. 하긴 남의 말을 할 처지는 아니다. 난 낮에는 냥냥이와 놀았고, 저녁에는 세 정령들과 놀았으니까.

그러던 어느 날 냥냥이와 노는데 지혜 누나가 뒷산으로 가는 게 보였다. 중간고사도 다가오는데 제법 시험공부를 열심히 하는

지혜 누나가 공부는 안 하고 뒷산으로 가는 이유가 궁금했다. 난 냥냥이를 안고 누나 뒤를 따라갔다. 누나는 숲속 넓은 공터에서 곤충들을 관찰하고 있었다. 정말 곤충이 많았다. 곤충도감에서 한번쯤 본 곤충들이 가득했다.

"웬일이니, 만날 냥냥이랑만 놀더니."

구경하는 날 발견하고 지혜 누나가 말했다.

"아, 그냥 누나가 산에 가는 걸 보고 뭐 하나 해서."

"곤충 관찰 중이야. 여긴 내 야외 실험실이거든."

야외 실험실이라. 앗, 저건!

"저거, 벌집이잖아?"

"응."

"저게 왜 여기 있어?"

"내가 벌들을 끌어들였으니까."

"어떻게?"

"벌통을 설치한 뒤에 여왕벌과 일꾼 벌을 넣으면 돼."

"그게 그렇게 간단해?"

"뭐 쉽진 않았지. 여왕벌이 있어야 하는데 아빠가 양봉하시는 분에게 얻어다 준다고 하는 걸 내가 거절했어. 내가 직접 여왕벌을 끌어들였지. 꽤 힘들었어."

누나는 야외 실험실 이곳저곳을 소개해줬다. 그러면서 자신이 알고 있는 곤충에 관한 지식을 계속 설명했다. 거미와 곤충이 다르다는 것도 그때 처음 알았다. 솔직히 누나의 곤충에 관한 지식은 웬만한 선생님보다 나은 것 같았다. 정말 대단했다.

"그런데 누난 그런 걸 어떻게 다 알아?"

"좋아하고 재미있으니까."

"아무리 그래도 그렇지. 대단하다."

"대단하긴. 너도 냥냥이를 좋아하잖아. 그러니 넌 고양이에 관해서라면 나보다 더 잘 알게 될 걸."

맞는 말이다. 냥냥이 때문에 고양에 관해 관심이 부쩍 많아졌다. 고양에 관한 이야기라면 흘러가는 이야기도 소홀히 넘기지 않는다.

"재미있으면 관심이 가고, 관심을 기울이고 자세히 보면 모르는 걸 알게 돼. 난 그게 진짜 공부라고 생각해."

진짜 공부? 지혜 누나의 진짜 공부란 말이 내 마음을 울렸다. 그때부터 난 냥냥이와 냥냥이 형제들을 자세히 관찰했다. 지혜 누나 흉내를 내며 지혜 누나처럼 자세히 관찰하려 했지만 솔직히 뭘 어떻게 관찰해야 할지 알 수가 없었다. 그래서 그냥 가만히 들여다보기만 했다.

그렇게 고양이를 열심히 관찰하던 어느 날, 세계 각지의 동물들에 대한 수업이 있었다. 난 그날따라 유난히 수업에 집중했다. 거의 모든 수업 시간을 멍청하게 보냈던 나인데, 그 시간만큼은 어찌나 집중이 잘 되는지 나 자신도 놀라웠다.

"공부는 지루해. 지겹잖아. 그걸 왜 해."

공부도둑 마녀의 거미가 속삭이는 소리가 어김없이 들려왔다. 그런데 이상하게도 이번엔 그 소리가 전혀 신경 쓰이지 않았다. 나도 모르게 수업에 집중했다.

동물들의 이야기가 흥미진진했다. 사자의 습성을 소개하는

화면에서는 완전히 나 자신을 잊어버릴 정도였다.

"사자는 고양이과에 속하는데……."

선생님이 사자가 나오는 동영상을 보여 주며 설명을 하셨다. 와~ 놀라워. 사자가 고양이과였구나. 그럼 냥냥이랑 비슷한 게 있겠는데. 난 나도 모르게 냥냥이와 견주면서 사자를 관찰하느라 정말 뚫어지게 쳐다봤고, 선생님 설명에도 집중했다. 어찌나 재미있는지 수업 시간이 어떻게 지나갔는지도 몰랐다. 수업이 끝나는 게 왜 그리 아쉬운지. 그때 난 내 몸에서 무언가 꽉 찬 느낌이 들었다. 진짜 공부를 하는 느낌이 이런 걸까?

그 뒤를 이은 수업에서는 더 신기한 일이 생겼다. 세상에서 내가 제일 싫어하는 과목이 수학인데, 그런 수학이 재미가 있었다. 맙소사, 수학이 재미있다니, 내가 생각해도 말이 안 되는 일이다. 그런데 그 말이 안 되는 일이 나에게 일어났다.

아, 이걸 이렇게 계산하는구나. 신기하네. 고양이를 관찰하던 때처럼 칠판에 적힌 숫자들을 관찰하다보니 재미가 느껴졌다. 나도 이해가 가지 않을 정도로 이상한 날이었다. 반 아이들을 둘러보니 칠판을 바라보며 열심히 하는 애들도 있

고, 집중
하지 않고 딴짓하는

애들도 있었다. 어제까지만
해도 나도 딴짓하는 아이였
다. 그런데 오늘은 아니다. 학
교 공부가 이렇게 재미있었나?

집으로 돌아가는 길에도 왠지 집
에 가서 공부를 하고 싶다는 생각이 들 정도로 신기하게 공부가
재미있게 느껴졌다. 집으로 돌아와 방문을 열자 깔끄미가 툭 튀어
나오며 한 마디 한다.

"축하해!"

"무슨 소리야? 또 뭘 축하해?"

그때 깔끄미가 내 목걸이를 가리켰고, 목걸이에서 강렬한 붉
은 빛이 쏟아지며 회오리처럼 돌더니 세 모서리 중 하나인 별 모
양에 가득 담기는 거였다.

"정말 축하해. 정말 멋지다. 너 최고야."

깔끄미가 엄지손가락을 치켜세웠다. 엄지손가락! 최고란 뜻! 그
래 나도 최고가 될 수 있구나! 나 못해가 아니라 나 최고?!

그리고 깔끄미의 몸에 글이 써지기 시작했다.

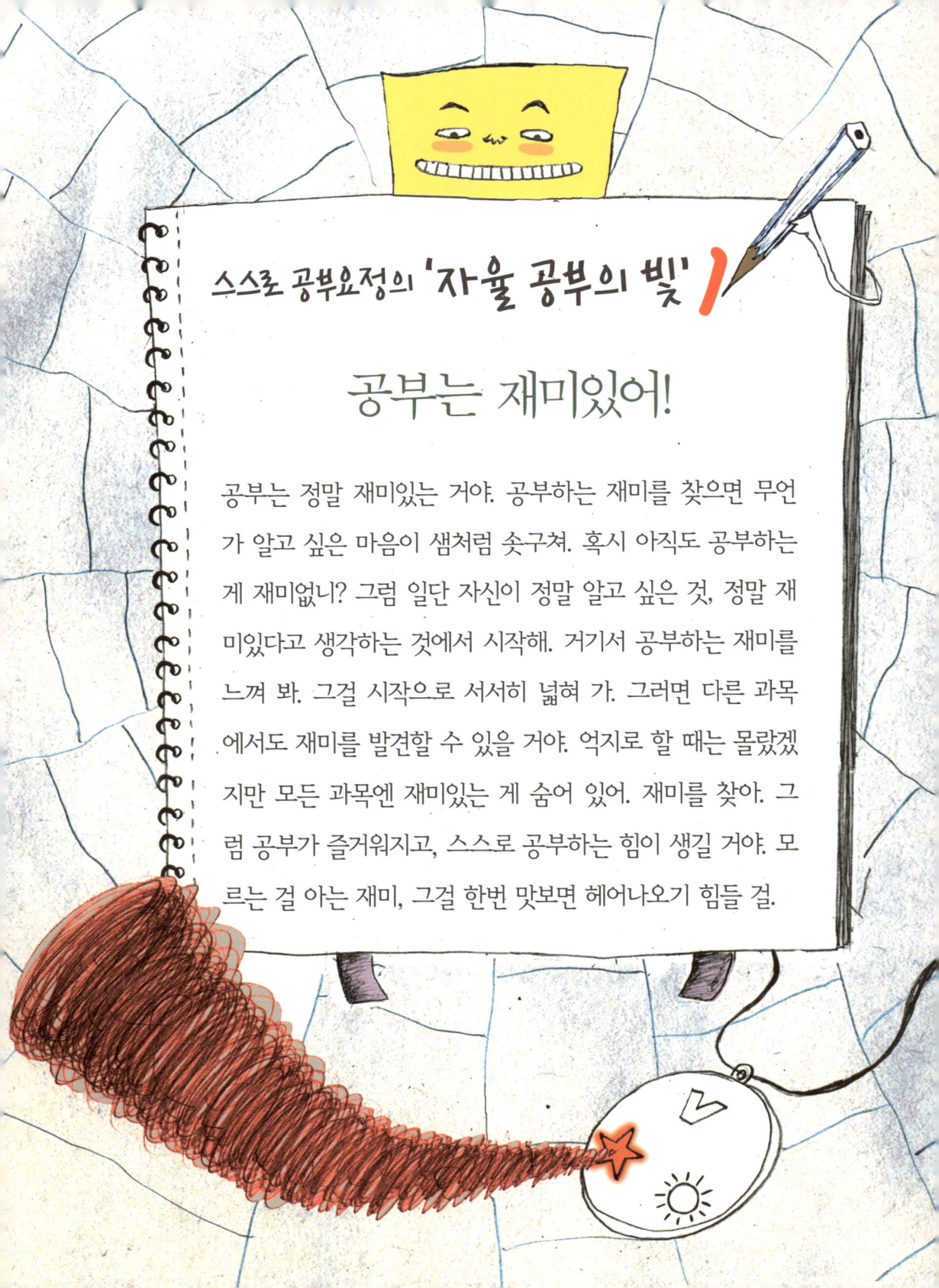

스스로 공부요정의 '자율 공부의 빛'

공부는 재미있어!

공부는 정말 재미있는 거야. 공부하는 재미를 찾으면 무언가 알고 싶은 마음이 샘처럼 솟구쳐. 혹시 아직도 공부하는 게 재미없니? 그럼 일단 자신이 정말 알고 싶은 것, 정말 재미있다고 생각하는 것에서 시작해. 거기서 공부하는 재미를 느껴 봐. 그걸 시작으로 서서히 넓혀 가. 그러면 다른 과목에서도 재미를 발견할 수 있을 거야. 억지로 할 때는 몰랐겠지만 모든 과목엔 재미있는 게 숨어 있어. 재미를 찾아. 그럼 공부가 즐거워지고, 스스로 공부하는 힘이 생길 거야. 모르는 걸 아는 재미, 그걸 한번 맛보면 헤어나오기 힘들 걸.

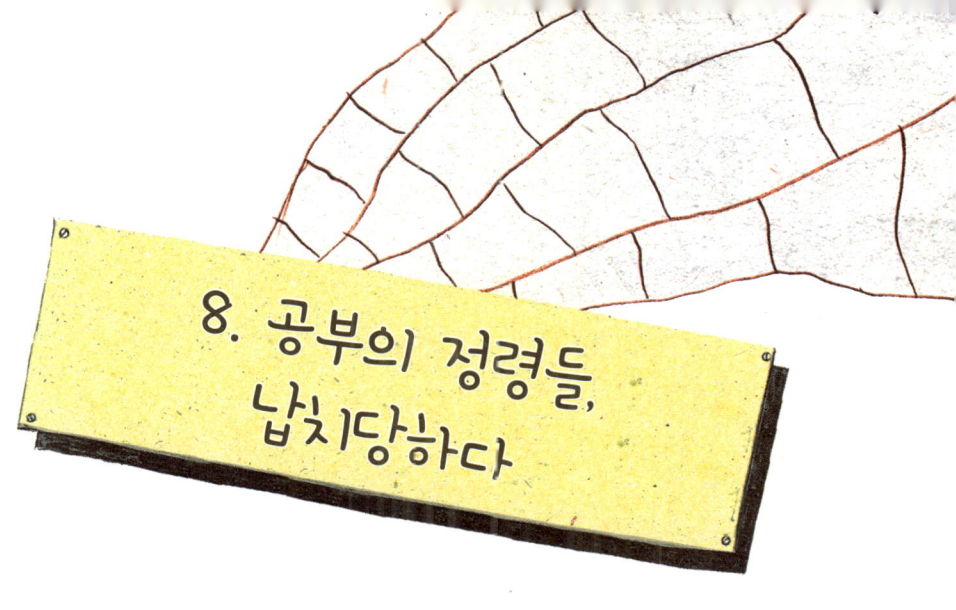

8. 공부의 정령들, 납치당하다

다음 날도 전 날의 기운을 이어 받아 재미있게 쭉~공부를 했다. 그러나, 그러나 이 모든 것을 비틀어 버리는 사건이 벌어졌다.

점심시간에 잠깐 밖에 나갔다 돌아왔는데 내 가방이 보이지 않았다. 교실 구석구석을 샅샅이 뒤졌지만 없었다. 복도에도, 식당에도, 다른 학년 교실에도. 누가 내 가방을 숨겼을지 짐작이 갔다. 뻔하지 뭐. 왕장난, 아니면 유쾌한!

점심시간이 끝나는 시간에 맞춰 들어온 장난이와 쾌한이에게 따졌다.

"내 거 어쨌어?"

"뭘 자다가 모기 잡는 소리래?"

쾌한이는 날 신경도 쓰지 않고 자리에 앉았다. 그러나 장난이는 무언가 찔리는 구석이 있는 듯했다. 범인은 너구나!

"야, 왕장난. 너지?"

"뭘? 내가 뭘?"

"바른대로 말 안 해."

"웃기셔! 내가 니 가방을 어쨌다고."

"거 봐. 난 가방이란 소리도 안 했는데 넌 알잖아. 그러니 너야, 어디다 숨겼어. 빨리 내놔."

"안 그랬거든."

장난이는 끝까지 시치미를 뗐다. 할 수 없이 수업시간에 선생님께 말씀드렸다. 장난이는 몇 번 아니라고 하다가 선생님이 무서운 얼굴로 다그치자 그때서야 인정했다.

"지금 당장 가져 와."

선생님이 엄하게 말씀하시자 장난이는 얼른 교실 밖으로 나갔고, 잠시 뒤 돌아온 장난이의 얼굴은 완전히 똥 빛이었다.

"없어요."

"뭔 소리야. 왜 없어?"

내가 따지듯 소리를 질렀다.

"너 일부러 그러는 거 아니야?"

선생님도 화를 내셨다.

"아니에요. 분명히 창고에 두었는데 사라져 버렸어요. 진짜에요."

장난이는 곧 울듯했다. 내가 보기에도 거짓말 같지는 않았다.

"수업 끝나고 같이 가서 찾아. 일단 수업하자."

수업 시간 내내 기분이 나빴다. **왠지 내가 거미줄에 걸려 죽음을 앞둔 나비 같은 느낌이었다.** 게다가 이런 불길한 예감은 늘 들어맞는다는 사실이 두려웠다.

"넌 못해. 넌 해 봐야 소용없어."

수업 시간 내내 어제 사라졌던 그 이상한 소리가 다시 들렸다.

'맞아. 난 못해. 난 할 수 없어.'

사라진 줄 알았던 생각들이 다시 떠올랐다. 왜 이러지? 왜 이렇게 답답하고 힘이 없지. 왜 아무 일도 못할 것 같지? 혹시 가방에 있던 정령들에게 무슨 일이 생겼나? 난 불안해서 수업에 집중할 수 없었다. 수업이 끝나자마자 장난이를 다그쳐 창고로 향했다. 창고로 가는 내내 불안은 더욱 커졌다. 아니나 다를까.

"여기 뒀단 말이야."

"진~짜. 너 거짓말 아니지?"

"야, 진짜라니까."

열심히 찾았지만 가방은 창고 어디에도 없었다. 곧 이어 종소리가 울렸다. 6교시 수업 시작종이었다.

"수업 시작했어."

"난 찾아야 해."

"난 갈 거야."

"네 맘대로 해."

"야, 나모태. 미안해. 이거 내가 아끼는 건데 너 가져."

장난이는 주머니에서 연필 깎는 칼을 꺼내서 나에게 건네주었다. 좀처럼 보기 힘든 희한하게 생긴 칼이었다. 평소에 장난이가 자랑을 많이 하던 칼이었는데 그걸 주는 걸 보니 진짜 미안하긴 한 모양이다.

별 생각 없이 받아서 뒷주머니에 넣었다.

그리고 장난이가 간 후에도 남아 창고를 다시 잘 살폈다. 사사삭, 이상한 소리가 들렸다. 분명 무언가 움직이는 건데. 처음엔 가방을 찾는 데만 정신이 팔려서 잘 몰랐지만 나중에 정신을 차리고 보니 창고 벽과 천장이 온통 거미줄이다. 세상에! 괴물 영화에서나 봄직한 거대한 거미줄이 그것도 천장과 벽에 가득하다

니……

그나마 문 쪽에는 아직 거미줄이 없다. 무조건 도망가야 한다는 생각이 들었다. 그러나 드드륵, 끼이익, 거미줄이 책상과 의자를 당기는 소리가 들리더니 여기저기 뒤엉켜 있던 책상과 의자로 입구를 막아버리는 게 아닌가! **완전히 갇혔다. 거미줄에.**

꼼짝도 못하고 벌벌 떨고만 있는데 갑자기 바닥이 빙글빙글 돌더니 푹 꺼져 버렸다. 으아악! 바닥으로 떨어지면서 있는 힘껏 고함을 질렀다. 진짜 죽는 줄 알았다. 진짜, 진짜!

꽤나 깊은 곳에 떨어진 것 같은데도 다행히 다치지는 않았다. 떨어진 곳은 완전한 어둠 그 자체였다. 완전한 어둠. 이대로 모든 것이 멈출 것 같은 어둠. 존재하는 모든 것들이 어둠 속으로 사라지고 말 것 같은…… 머리카락 한 가닥만큼의 빛도 없어서 내 손조차 보이지 않는 상황이었다. 그렇다고 가만히 있을 수는 없었다.

손을 휘저었다. '여기가 어디지? 분명 뭔가 있을 거야.'

만져지는 게 있는지 찾으려고 몇 걸음 걸으니 벽이 만져졌다. 한 손은 벽을 짚고 다른 손은 앞을 휘저으며 조심스럽게 걸어나갔다. 하지만 한참을 그렇게 휘저으며 나아가도 마치 끝이 없는 공간인 것처럼 느껴졌다. 이런 말도 안 되는 일이… 가도 가도 어둠뿐이라니. 여기가 책에서만 보던 블랙홀! 난 이제 죽는 건가?

　그때 영화나 만화에서 본 비슷한 장면을 떠올랐다. 맞아. 이런 방은 대부분 원형 방이야. 내가 조금 전에 돌았을 때 둥근 느낌이 들었다. 이런 상황에선 꼭 어딘가 비밀 단추가 있는데……, 그걸 누르면 문이 열릴 거야. 맞아, 분명해. 난 영화에 나오는 탐정이라도 된 듯 자신감이 생겼다. 조심스럽게 움직이며 벽을 전체적으로 쓰다듬으며 돌아보았다.

　역시 예상대로 살짝 튀어나온 벽돌이 손에 걸렸다. 벽돌이 걸릴 때에 맞춰 눌렀다. 예상대로 쑥 들어갔다. 하나, 둘, 그리고 마지막으로 세 번째 벽돌을 눌렀을 때 징~하는 소리가 나며 벽이 움직였다. 얼른 손을 뗐다. 잠시 뒤 벽은 온 데 간 데 없이 사라지고 어둠을 가르는 환한 빛이 나타남과 동시어 동굴이 여러 개 보였다. 환한 빛이 갑자기 비치니 눈을 뜰 수가 없었다. 하지만 환해진 빛으로 인해 두려운 마음이 조금은 가시는 듯 했다. 심봉사가 눈을 떴을 때의 마음이 이랬을까?

　그나저나 어디로 가지? 영화나 만화를 보면 이런 상황에선 선택이 중요해. 하나는 괜찮은 곳이고, 나머진 함정인 경우가 많아. 난 조심스럽게 동굴을 살폈다. 그러다 다른 동굴과 다르게 횃불의 움직임을 느낄 수 있는 동굴을 찾을 수 있었다. 횃불이 가끔씩 내가 있는 쪽으로 살짝 기울어지며 움직였다. 그렇다면 혹시 어딘가에서 바람이 불고 있다는 건가? 그러니까 내가 있는 안쪽으로 횃불이 흔들린다는 건 바깥에서 안쪽으로 공기가 흐르고 있다는……. 막혀 있으면 횃불이 움직일 리가 없잖아.

그래, 바로 그거야! 그렇다면 저쪽 동굴 어딘가에 밖으로 난 곳이 있을 거야.

나는 동굴 속으로 걸어 들어갔다. 어둔 방에 갇힐 때 들었던 두려움은 거의 사라져 버린 듯했다. **내 선택은 탁월했다.** 동굴 끝에는 내 예상대로 밖으로 나가는 통토가 있었고, 그리 높지 않은 계단이 보였다. 밖으로 난 계단을 타고 동굴 위로 올라왔다.

밖으로 나온 나는 낯선 풍경에 놀랐다. 무수히 많은 가늘고 긴 돌들이 하늘로 치솟아 있는 모습이 마치 바위기둥으로 된 숲 같았기 때문이다. 기괴한 모습의 돌기둥들이 하늘로 삐죽삐죽 솟아 있는 것을 보자 절로 으스스한 기분이 들고 사라져 버린 줄 알았던 두려움이 되살아났다.

바위 숲을 서성이다 책상에 앉아 있는 한 사람을 발견했다. 누구지? 이런 곳에? 검은색 정장에 흰 블라우스, 단정해 보이는 긴 생머리, 나이를 짐작하기는 좀 어려웠다. 어디서 본 듯한데? 어디서 봤더라? 아, 그래 맞아. 깐깐한 우리 엄마 모습도 닮았고, 엄청난 숙제를 내 주시던 선생님의 모습도 닮았다. 자세히 보니 텔레비전에 나오는 탤런트처럼 무척 예쁜 얼굴이었다. 예쁜 사람을 보니 기분도 좋아지고 긴장도 풀리는 듯했다. 저런 좋은 인상이라면 분명 착한 사람일 것이다.

그렇다면 도움을 청해도 되겠다는 생각이 들었다. 그러나 도움을 청하려고 다가간 순간 내 생각이 틀렸다는 걸 알았다. 그 여자 뒤로 거미줄이 가득했다. 그 예쁜 여자는 공부도둑 마녀가 분명했다.

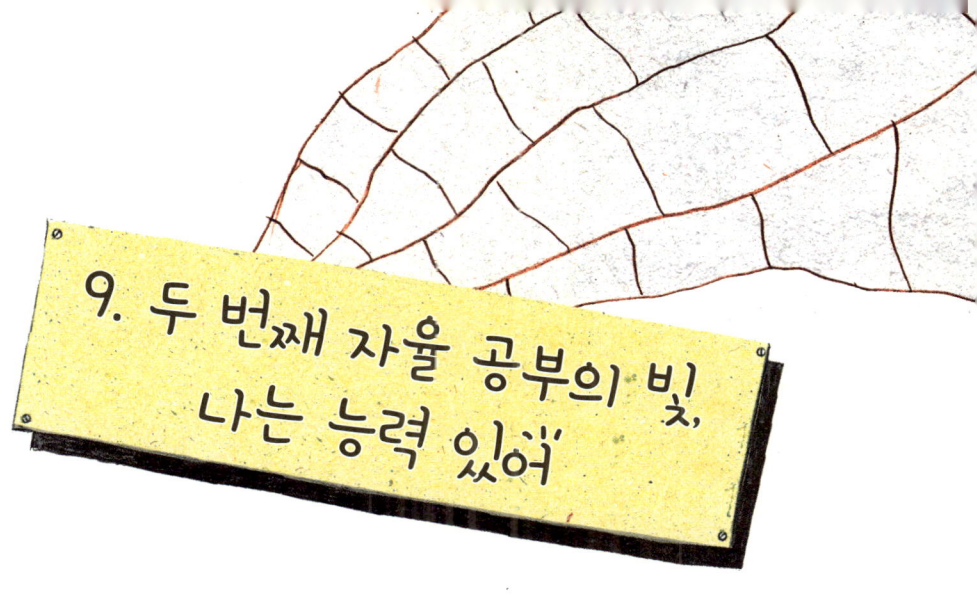

9. 두 번째 자율 공부의 빛, 나는 능력 있어

"이리 오렴. 같이 공부하자."

난 공부도둑 마녀가 무서워서 도망치고 싶었지만 몸이 말을 듣질 않았다.

왜 이러지? 나도 모르게 공부도둑 마녀의 닻은편에 놓인 의자에 앉는 게 아닌가.

"오늘 수학 문제 풀기 어려웠지? 내가 가르쳐 줄게."

하마터면 "네"하고 대답할 뻔했다. 두려움에 떨면서도 애써 태연한 척하며 공부도둑 마녀를 마주보았다.

"공부도둑 마녀 맞지요?"

"공부도둑 마녀라. 누가 나를 그렇게 부르던? 난 성적 향상 마녀란다. 너의 성적이 잘 올라갈 수 있도록 돕지. 내가 얼마나 너를 열심히 도왔다고. 네가 좋은 학원에 다니고, 뛰어난 과외 선생님을 만나고, 엄마가 열심히 널 공부시킨 건 전부 다 나 때문이야. 내가 도와준 거지."

세상에~ 그런 게 절대로 절대로 나한테 전혀 도움이 되지 않았다는 걸 이 마녀는 모르는 모양이다.

마녀는 마치 내 속마음을 들여다보기라도 하는 표정으로 날 바라보았다.

"도움이 되지 않았다고 생각하는 모양인데, 그건 내가 잘못한 게 아니라 네가 멍청하기 때문이야."

"전, 멍청하지 않아요."

"안 멍청하다고? 그럼 왜 초등학교 3년 동안 죽어라 공부했지만 늘 성적이 형편없었지? 그게 뭐겠어. 네가 멍청하고, 능력이 없기 때문이야. 안 그래?"

공부도둑 마녀가 하는 말을 듣는데 쿵~! 내 안에 있는 무언가 무너지는 소리가 들렸다. 그래 맞아. 난 능력 없어, 난 해도 안 돼.

나 같은 건 공부를 해도 안 돼. 이미 충분히 경험했잖아. 내가 능력이 있었으면 엄마가 이렇게 버리지는 않았겠지. 나 같은 건, 진짜, 진짜…….

"모태야! 넘어가면 안 돼!"

그때 어디서인가 깔끄미가 소리치는 소리가 들렸다.

"맞아, 모태야. 공부도둑 마녀는 교활해. 마녀의 음모에 넘어가면 안 돼."

꼼꼬미도 내게 힘을 주었다.

"넌 능력 있어. 넌 대단한 아이야. 물론 나보단 못하지만."

똑또기는 이런 상황에서도 자기 자랑을 하다니…….

"맞아. 우린 너의 능력을 믿어."

셋이 합창하듯 내게 외쳤고, 세 정령의 말을 듣자 무너지던 마음이 다시 돌아오는 듯 했다. 정령들의 소리가 나는 쪽을 살펴보니 거미줄 가운데에 깔끄미와 꼼꼬미, 똑또기가 묶여 있었다. 거미줄에 칭칭 감겨 꼼짝하지 못하는 모습이었다. 공부도둑 마녀의 짓이 분명했다. 내 친구들을, 나의 소중한 친구들을 저렇게 묶어 놓다니.

"왜 저런 짓을……. 비겁한 공부도둑 마녀!"

"오호, 비겁이라! 넌 성적만 잘 받을 수 있다면 무슨 수라도 쓰겠다고 한 적이 많았을 텐데. 한 번은 커닝하려고 한 적도 있었고. 안 그래?"

도대체 저 공부도둑 마녀는 나에 대해서 어떻게 이리도 잘 알까? 무서워졌다.

"그래도 전 커닝 안 했어요."

"안 했지. 하지만 할 수 있으면 했을 걸?"

"이건 달라요. 당신은 마녀잖아요. 힘 약한 세 정령을 붙잡아서 괴롭히는 건 비겁한 짓이라고요."

"구하고 싶니? 저들을?"

난 공부도둑 마녀를 노려봤다.

"오호호, 무서운 눈빛이네. 그래 봐야 넌 못해."

그래, 내가 못할지도 몰라. 하지만 정령들을 포기할 순 없어.

"그 목걸이를 포기해. 나한테 줘. 그럼 정령들을 풀어주지."

난 목걸이를 내려 보았다. 스스로 공부요정은 이걸 잃어버리면 안 된다고 했다. 내가 스스로 벗지 않는 한 누구도 건드리지 못한다고 했다. 아마 그건 공부도둑 마녀도 마찬가지인 것 같았다. 내 손으로 벗으면 어떻게 될까? 스스로 공부요정의 말처럼 이걸 벗으면 다시는 공부를 잘할 수 없게 되는 걸까?

목걸이를 움켜쥐었다. 깔끄미, 꼼꼬미, 똑또기가 보였다. 밤마다

신나게 놀던

일이 생각났다. 낮에

는 냥냥이가 나를 기쁘게 하

지만, 저녁 시간엔 늘 나와 함께 즐거

운 시간을 보내던 친구들이다. 똑또기는 조금

잘난 척하는 게 흠이지만 그래도 착한 정령이다. 공부

가 중요하지만, 친구들이 저렇게 거미줄에 걸린 채 고통을 당하

게 할 수는 없다.

　　솔직히 스스로 공부의 빚을 전부 찾을 수 있을지 자신도 없었

다. 그걸 언제 찾아서 내가 공부를 잘하게 된단 말인가? 해도 안

되는 거 지금 포기하고 친구들을 구하는 게 낫지 않을까?

정말 자신이 없어. 해도 어차피 잘 안 되잖아.

그때였다. 깔끄
미와 눈이 마주쳤다. 그리고
깔끄미가 내게 치켜세웠던 엄지손가락
이 떠올랐다. 정말 그 순간 엄지손가락이 왜 떠올
랐는지 잘 모르겠다. **아무튼 난 최고다!** 내가 최고라면 이
런 상황에서 문제를 해결할 수 있을 것이다. 만약에, 만약에, 내
가 저 마녀를 속인다면 어떻게 될까? 밝은 빛이 머리를 스치고 지
나가면서 지혜 누나의 거미에 관한 설명이 떠올랐다.

"거미는 왜 자기 거미줄에 안 걸리게? 이상하지? 다른 벌레나 곤충들은 다 걸려드는 데 거미만 안 걸리잖아. 비밀은 이거야. 거미줄 중앙에서 밖으로 뻗은 선은 끈적거리지 않고 동그랗게 돌아가는 선은 끈적거려. 벌레들은 끈적거리는 부분에 걸리는 거야. 거미는 주로 길게 뻗은 거미줄을 밟으며 이동하지. 또한 거미 발바닥에는 미끄러운 기름 성분이 나와서 세로줄을 밟아도 걸리지 않아."

그 순간 난 멋진 작전이 두 가지 떠올랐다. 첫 번째 작전명은

'거미를 거미줄에 걸리게 하기!'

"제 부탁을 들어주시면 이걸 드릴게요."

"무슨 부탁?"

"어려운 부탁은 아니에요. 일단 저 돌 위로 절 데려다 주세요. 이왕 이곳에 왔으니 도대체 이곳이 어떤 곳인지 좀 자세히 보고 싶어요. 목걸이를 그냥 주는 건 왠지 아까운 생각이 들어서요. 사실 저한테 꼭 필요한 것도 아니지만."

"좋아."

공부도둑 마녀는 날 데리고 바위 위로 올라갔다. 바위 중 하나에 올라가는 계단이 있었다.

"근데 옛날부터 궁금한 게 있는데 거미도 거미줄에 걸리나요?"

"무슨 바보 같은 소리! 자신이 쳐 놓은 거미줄에 걸리는 멍청한

거미가 어디 있겠니.”

“혹시 알아요. 자신의 거미줄에 자신이 걸려들 수도 있잖아요. 혹시 당신도 거미줄에 걸리지 않나요?”

“멍청하긴, 좋아 내가 직접 보여 주지.”

공부도둑 마녀가 거미줄에 올라섰다. 긴 가로줄을 밟았다. 역시나 내 생각이 맞았다.

“와, 진짜 신기하다.”

난 되도록 멍청해 보이는 표정을 지으며 최대한 공부도둑 마녀에게 접근했다.

“자, 이제 그걸 주렴.”

“알았어요. 잠시만요. 진짜 발을 편하게 대고 서 있는 건지 자세히 보고 싶어요.”

거미줄을 밟은 공부도둑 마녀의 발을 쳐다보며 목걸이를 내밀었다. 공부도둑 마녀가 목걸이를 잡으려고 몸을 앞으로 기울이며 손을 살짝 내미는 순간 난 목걸이를 옆으로 살짝 던지는 시늉을 했다. 공부도둑 마녀는 움찔하더니 목걸이 쪽을 향해 손을 뻗었고, 순간 균형을 잃은 듯이 보였다. 그 틈을 놓치지 않고 난 있는 힘껏 공부도둑 마녀를 밀었다.

방심하고 있던 공부도둑 마녀는 버둥거리더니 옆으로 넘어졌다.

"이런! 도대체 무슨 짓이야?"

공부도둑 마녀가 발버둥을 쳤지만 그럴수록 거미줄에 점점 달라붙을 뿐이었다.

아싸! 작전 성공.

거미를 거미줄에
걸리게 하기
성공!

이제 내가 왜 작전명을
'거미를 거미줄에 걸리게 하기'라고
했는지 알겠지?

거미줄 가운데에 잡혀 있는 정령들을 봤다. 이제 정령들을 구하러 가야 한다. 거미줄을 밟고 가야만 정령들에게 다가갈 수 있다.

거미가 아니어도 거미줄에 걸리지 않고 저기까지 가려면 어떻게 해야 할까? 그것 역시 지혜 누나의 말에 해답이 있었다. 이제 두 번째 작전이다.

'거미줄 밟고 걷기 작전!'

재빨리 가로줄을 양쪽으로 밟으며 정령들에게 걸어갔다. 지혜 누나 말이 맞았다. 신기하게도 거미줄 중에는 걸어도 전혀 끈적거리지 않는 부분이 있었다. 공부도둑 마녀의 거미줄은 워낙 단단해서 내가 밟고 서도 흔들리지 않았다. 공부도둑 마녀가 거미줄에서 벗어나 쫓아올까 봐 걱정을 했지만 급하게 가다 거미줄에 걸리면 끝장이란 생각에 신중하면서도 최대한 빨리 걸었다. 마침내 거미줄 한가운데 도착했고, 난 두 손으로 거미줄을 뜯으려고 했다.

"안 돼, 그러면 너도 붙잡혀."

깔끄미가 다급하게 말렸다.

그때 문뜩 왕장난이 준 칼이 생각났다. 짜식, 이럴 때 도움이 될 줄이야. 뒷주머니에서 칼을 꺼낸 나는 조심스럽게 거미줄을 잘랐다. 거미줄은 생각보다 질기고 끈적였지만, 칼을 이겨내진 못했다. 그때였다.

"이놈."

공부도둑 마녀가 무서운 기세로 달려왔다. 헐, 도대체 어떻게 벗어난 거지? 분명 거미줄에 걸렸는데?

공부도둑 마녀가 달려오는 것과 동시에 내 몸이 하늘로 붕 치솟았다. 정령들이 나를 붙잡고 하늘로 치솟지 않았다면 난 공부도둑 마녀에게 붙잡혔을지도 모른다. 안타깝게도 정령들은 그리 높이 날지는 못했다. 공부도둑 마녀 옆에는 수백 마리의 거미들이 숲을 뒤덮으며 거미줄을 쳤다. 손가락만큼 굵은 거미줄이 숲을 가득 덮으면서 우리를 덮쳐 왔다.

게다가 공부도둑 마녀는 그 거미줄을 밟으며 엄청난 속도로 쫓아왔다. 설상가상 다른 거미들도 레이저 광선을 쏘듯 거미줄을 쏘아 대기 시작했다. 거미줄을 수십, 수백 발을 발사하기도 했는데 걸릴 뻔한 위기를 몇 번이나 넘겼다. 영화에서 본 스파이더맨이 추격하는 것 같았다. 이럴 때 스파이더맨이 나타나면 어땠을까? 거미줄과 거미줄의 대결? 여유만 있다면 그런 상상을 충분히 즐겼겠지만 상황이 상황인지라……. 쩝.

공부도둑 마녀와 거미줄을 쏘아 대며 달려오는 거미들을 정신

없이 피하고 있을 때 어디선가 고양이 소리가 들렸다. 정말 작은 소리였지만 알아들을 수 있었다. 아무리 작아도 알아들을 수 있는 소리다. 어떤 상황에서도 내 귀엔 분명히 들리는 소리. 바로 냥냥이 목소리.

거미들은 냥냥이 목소리를 듣더니 잠시 동안 앞으로 나가지 못하고 주춤거렸다. 우린 그 틈을 타서 조금 더 앞으로 도망갈 수 있었다. 만약 냥냥이의 울음소리가 아니었다면 바로 붙잡혔을 것이다. 그러나 그것도 잠시, 야니가 아닌 새끼 고양이인 냥냥이의 울음소리라는 걸 안 거미들은 더 빠른 속도로 거미줄을 치며 우리를 공격해 들어왔다.

계속된 거미들과 공

부도둑 마녀의 공격으로 정령들은 서

서히 지쳐갔고, 날아가는 높이도 점점 낮아졌다.

그런데 그때 냥냥이가 날카롭게 울부짖더니 거미들을 향해

달려드는 게 아닌가!

"안 돼. 안 돼! 냥냥아. 위험해!"

소리를 질렀지만 냥냥이는 듣지 않았다. 냥냥이는 아기 고양이

답지 않게 날쌔게 거미들에게 맞섰고, 기세에 눌린 거미들은 더 이상 우릴 쫓지 못했다.

"내려 줘. 냥냥이가 위험해!!"

냥냥이는 거미줄에 완전히 포위되었고, 거미들에게 붙잡힌 것처럼 보였다. 내 성화에 정령들은 나를 내려놓았다. 땅에 내리자마자 나무 하나를 움켜쥐고 냥냥이가 있는 곳으로 달려갔다.

"가면 위험해."

정령들이 말렸지만 냥냥이를 구해야겠다는 것 말고는 아무런 생각도 할 수 없었다.

"저리 가!"

거미들을 나무로 내려치며 달려들었다. 그러나 이내 거미들이 내가 든 나무에 거미줄을 휘감았고, 난 꼼짝없이 포위당하고 말았다. 그러나 그 순간에도 오직 냥냥이를 구해야겠다는 생각뿐이었다. 그때 갑자기 공부도둑 마녀가 원하는 것이 목걸이였다는 것을 생각해냈다.

"이거 줄 테니까 냥냥이를 풀어 줘."

목걸이를 풀어 거미줄을 향해 던졌다. **아무리 목걸이가 소중하다고 해도, 냥냥이와 비교할 수는 없다.** 이걸 내 스스로 벗어던지면 내가 영원히 공부를 못하게 되겠지만 그딴 거는 냥냥이에 비하면 아무것도 아니다. 내가 던진 목걸이는 거미줄에 걸렸고, 동시에 냥냥이를 둘러싸고 있던 거미줄도 사라졌다. 내 옆에 있는 거미줄도 함께. 하지만 나와 냥냥이가 완전히 자유로워진 건 아니었다. 거대한 원을 이룬 거미줄이 우리를 포위하고 있었으니까.

"고맙구나. 하하하. 이제야 이걸 내 손에 넣게 되는군. 하하하"

"눈을 감으렴."

너무나 반가운 목소리다. 바로 이모, 그러니까 **스스로 공부요정**의 목소리였다.

스스로 공부요정이 시키는 대로 얼른 눈을 감았다. 눈을 감았지만 그 사이 내 몸이 순식간에 거미들의 포위망 바깥으로 빠져나가는 걸 느낄 수 있었다. 고양이를 보러 갈 때도 이렇게 붕~뜨는 기분이었으니까. 계속 눈을 감으려고 했지만 호기심을 이겨내지 못하고, 눈을 떴다.

거미줄 위로 야니가 뛰어다니며 거미들을 사냥하고 있었다. 휘리릭~ 슈웅~ 빠르게 거미를 사냥하는 것보다 더 놀라운 건 거미줄 가운데서 벌어지는 싸움이었다. 스스로 공부요정이 내뿜는 밝은 빛이 공부도둑 마녀가 내뿜는 검은 빛과 충돌했다. 스스로 공부요정이 내뿜는 빛은 빨강, 파랑, 초록이 뒤섞여서 때로는 흰색으로, 때로는 세 가지 색이 사방을 감싸며 공부도둑 마녀를 휘

감았다. 공부도둑 마녀도 지지 않고 검은 빛을 뿜어냈다. 빛이 어찌나 강렬한지 눈을 뜰 수가 없을 정도였다. 스스로 공부요정이 이겨야 하는데, 제발, 정말 이기게만 된다면 공부를 열심히 하겠다고 마음속으로 기도를 하고 있을 때였다.

검은 빛이 점점 옅어졌다. 스스로 공부요정이 내뿜는 빛은 더욱 강렬해졌다. 승부는 결정된 것 같았다.

"에이, 두고 보자."

공부도둑 마녀는 갑자기 도망을 쳤다. 스스로 공부요정은 공부도둑 마녀를 쫓으려고 했지만 모든 거미줄이 한꺼번에 스스로 공부요정을 가로막는 바람에 쫓아갈 수가 없었다. 공부도둑 마녀가 도망 간 뒤에 거미줄은 순식간에 사라졌고, 거미들도 모습을 감추었다. 재빨리 스스로 공부요정에게 뛰어갔다.

"죄송해요. 목걸이를 넘겨주고 말았어요."

"아니야. 넌 목걸이를 빼앗기지 않았을 뿐만 아니라, 자율 공부의 빛도 하나 찾아냈어. 저길 봐."

도대체 내가 어떻게 그걸 찾은 거지? 아무것도 한 게 없는 거 같은데. 그때 깔끄미, 똑또기, 꼼꼬미는 번갈아가면서 속사포처럼 말을 쏟아냈다.

스스로 공부요정의 '자율 공부의 빛' 2

나는 능력 있어

자신감은 자신이 능력 있다고 믿는 믿음이야. 자신을 믿는 마음이야 말로 스스로 공부를 할 수 있기 하는 힘이지. 자기를 믿으면 누구에게 의지하지 않고 스스로 공부할 수 있어. 자신을 믿는 아이, 자신이 잘할 수 있다고 확신하는 아이는 결과도 좋아. 이길 거라고 생각하면 이길 가능성이 훨씬 높아. 이제 이렇게 말해. "난 내가 잘할 수 있을 거라고 믿어." "난 나를 믿어." 그리고 넌 진짜로 능력 있어.

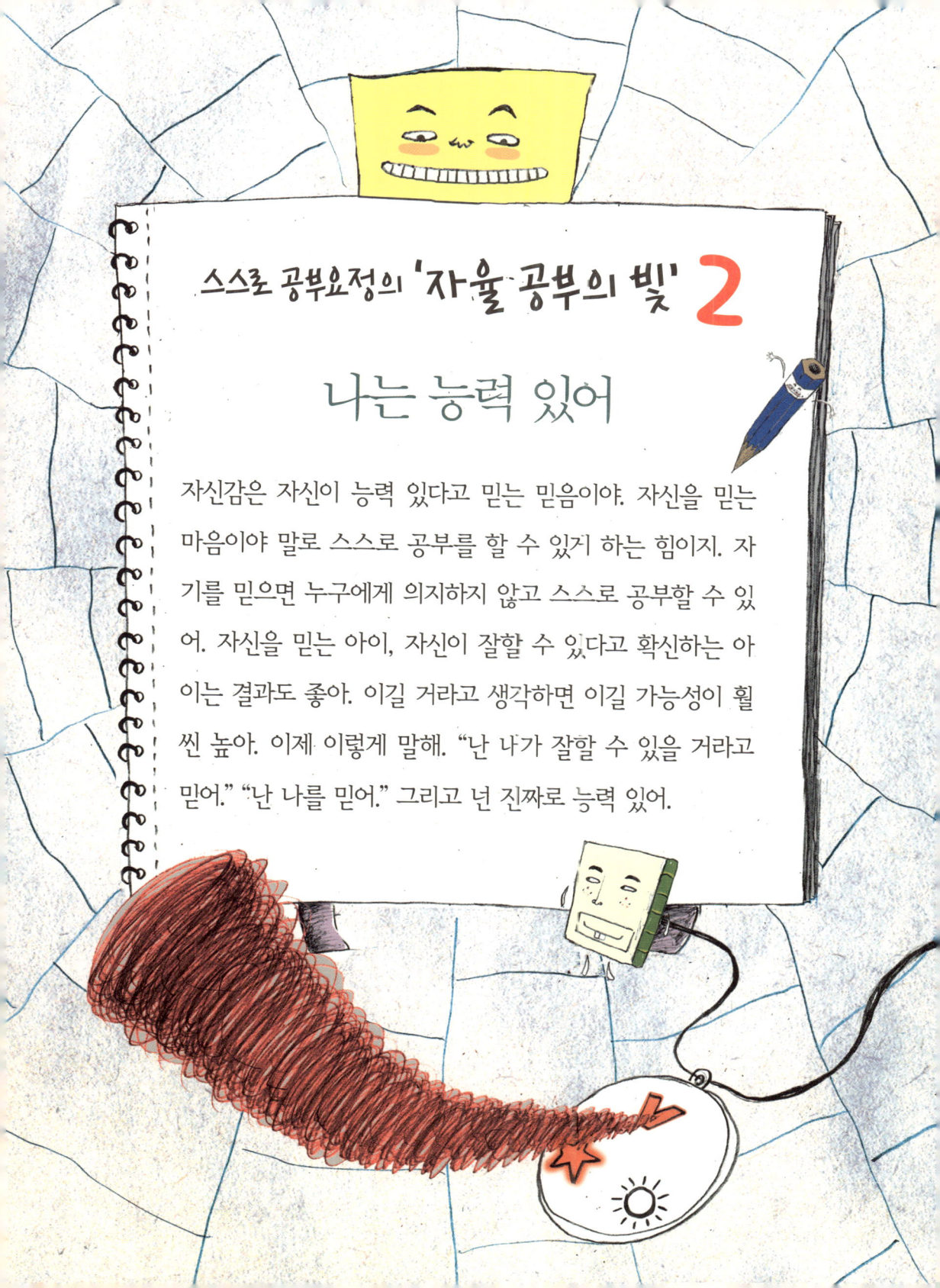

"네가 우릴 구했어."

"공부도둑 마녀를 멋지게 속여 넘겼고."

"지혜 누나가 가르쳐준 것도 기억해내고, 응용하기까지 했잖아."

"무엇보다 냥냥이를 구하기 위해 너의 가장 소중한 목걸이까지 포기하는 용기를 냈어."

"이 모든 것에서 넌 용기를 발휘했고, 너의 실력을 마음껏 뽐냈어."

"이렇게 능력이 많으니 당연히 두 번째 빛이 들어온 거야."

칭찬을 받아서가 아니라 진짜로 자신감이 가슴 가득 차 올랐다. 그래 난 더 이상 "나 못해"가 아니야. 이제 내 능력을 믿을 수 있어. 정말이야! 난 날 믿어.

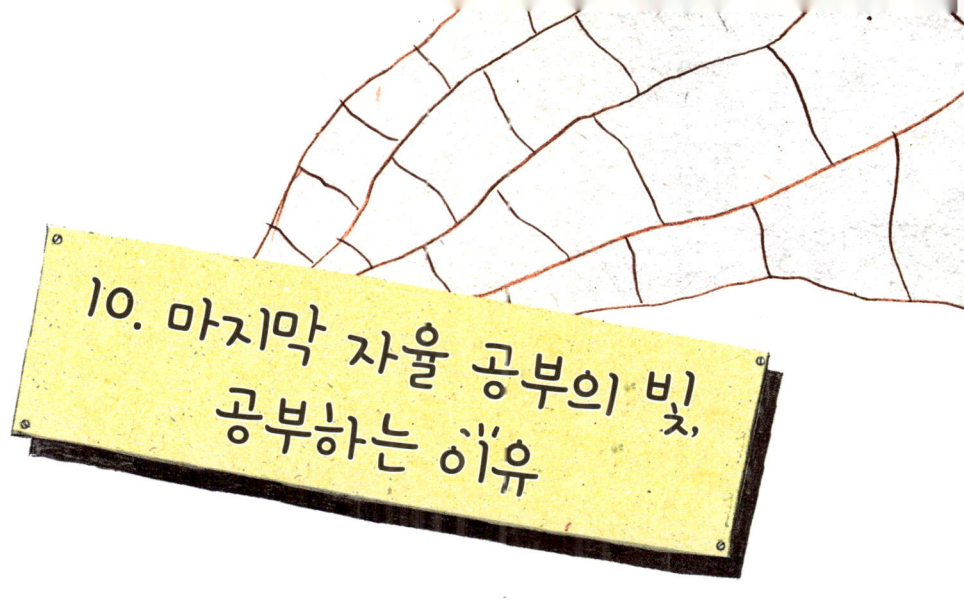

10. 마지막 자율 공부의 빛, 공부하는 이유

시험 보는 날, 쉬는 시간마다 아이들은 수한이에게 달려갔다. 헷갈리는 걸 물어보는 모양이다.

"야, 맞았다."

"어, 이런 4번인 줄 알았는데."

아이들에겐 수한이 말이 곧 정답이었고, 솔직히 그게 사실이기도 했다. 수한이가 부러웠다.

시험 결과는? 전교 13등. 전교 200등 밖을 헤매던 내가 13등을

했으니 잘했다고 해야 한다고? 4학년이 15명밖에 안 되니 13등이
지만 뒤에서 3등이기도 하다. 서울에 있을 때보다 성적이 더 형편
없이 떨어진 셈이다. 내 뒤엔 쾌한이와 장난이뿐.

솔직히 거의 공부를 안 했기 때문에 기대는 안 했지만 처참했
다. 하긴 중간고사 이틀 전에야 시험공부를 시작했으니 할 말도
없지만. 사실 평소에 수업이라도 제대로 들었으면 또 모르겠다. 수
업도 전혀 듣지 않은 채 이틀 전에 혼자 공부해서 시험을 잘 볼
수는 없는 법.

1등은 말하지 않아도 올백을 맞은 수한이였다. 와우! 엄마가
늘 나에게 원하던 점수다. 어떻게 사람이 하나도 틀리지 않을 수
있을까? 내가 수한이를 이길 수 있을까? 고개를 절레절레 흔들었
다. 예전보다 자신감이 생긴 건 맞지만 수한이를 이기는 건 거의
불가능하다는 생각이 들었다.

예전에 지혜 누나가 수한이에 대해 말했던 것이 떠올랐다.

"수한이는 전국 수학경시대회 나가서 2등 했어. 시에서 열린 영
어말하기 대회에선 1등 했고. 시골초등학교 1등이라고 우습게 보
면 안 돼."

"누나, 수한인 특별 과외라도 받는데?"

"아니, 집에서 혼자 해."

"혼자 하는데 어떻게 그렇게 잘해?"

"안 될 것도 없지."

수한이가 혼자 공부를 하는 데도 어떻게 그렇게 잘하는지 궁금했지만 지혜 누나는 더 이상 말해주지 않았다. 혹시 '스스로 공부요정'을 나보다 먼저 만났는지도 모르겠단 생각을 했지만 확인할 방법은 없었다.

"빈 가방! 빈 머리!"

"모태기, 삼태기, 모태기, 삼태기"

장난이는 웃기지도 않는 장난을 멈추지 않더니 쉬는 시간에 갑자기 내 가방을 들고 도망을 가는 게 아닌가. 나 참.

"야, 빈 머리, 나 잡아봐라."

한두 번도 아니고 해서 그냥 내버려 뒀다. 그런데 그때 쾌한이가 나섰다.

"야, 왕장난. 빨리 돌려줘라."

"네가 뭔데 간섭이셔."

"이게~, 빨리 돌려줘."

"됐거든."

그러다 둘이 싸움이 붙었고, 결국 선생님께 실컷 야단을 맞고, 반성문을 쓰는 걸로 끝이 났다. 그런데 그 뒤로 난 쾌한이에 대한 생각이 살짝 바뀌었다. 정말 짓궂고 얄미운 사촌이라고만 여겼는데 날 위해 싸움도 해 주고, 짜식~ 괜찮군.

그 일이 계기가 되어 쾌한이랑 친해졌고, 쾌한이를 따라 산으로 들로 다니며 놀았다. 참으로 이상한 건 무조건, 진짜 온종일 놀 줄만 알았던 쾌한이가 그렇게 신나게 놀다가도 저녁이 되면 어김없이 거실에 앉아서 책을 읽고, 글을 쓴다는 거다. '**공부는 안 해도 책과 글은 늘 가까이 한다**'가 쾌한이의 좌우명인 것처럼. 그렇게 놀기 좋아하는데 어떻게 책과 글을 좋아하는지 이해가 가지 않았다.

"난 작가가 될 거야. 글 쓰는 게 너무 좋아."

쾌한이가 늘 입버릇처럼 했던 말이다.

"난 곤충학자가 될 거야."

지혜 누나 역시 입버릇처럼 했던 말이다.

쾌한이는 작가가 되기 위해 책을 읽고 글을 쓰고. 누나는 곤충학자가 되기 위해 연구를 하고 공부를 한다. 그런데 난 그런 게 없다. 공부의 재미를 살짝 발견하기는 했지만 내가 왜 공부를 해야 하는지에 대해선 아직도 잘 모르겠다.

지금 나에게 세 번째 '자율 공부의 빛'이 필요하다는 건 누가 말해주지 않아도 안다. 하지만 도대체 왜 공부를 해야 하지? 엄마가 해주었던 많은 말들이 떠올랐지만 그건 아니다. 그건 엄마 생각일 뿐이니까. 나만의 이유를 찾아야 해. 그래야 자율 공부의 빛을 찾을 수 있어. 그런데 어떻게 찾지? 도대체 어떻게?

학부모 공개 수업이 열리는 날이었다. 이모도 오시고, 수한이 엄마도 오셨다. 공개 수업이라 그런지 모두 조금 긴장한 모습들이었다. 주로 선생님의 질문에 발표를 하는 식으로 진행되는 수업이었고, 발표를 하는 아이들은 우수한, 이잘난, 한연기 등이었다. 다른 아이들도 발표를 하긴 했지만 세 아이들의 발표 수를 따라 가진 못했다. 수업 분위기는 평소와 달리 진지했다. 심지어 틈만 나면 돌아다니던 왕장난도, 그에 못지않던 쾌한이도 얌전했으니까.

수업이 끝날 때쯤 벌어진 사건만 아니었다면 수업은 완벽했을 거다.

"이것에 대해 의견 있는 학생."

수한이가 손을 들었다.

"공원처럼 만드는 것보다는 자연스럽게 생태계가 이루어지도

록 만드는 게 좋을 듯합니다."

"네 좋은 의견이에요. 자. 그럼……."

그때 쾌한이가 손을 들었다. 세상에 선생님도 아이들도 모든 시선을 쾌한이에게 집중했다. 그럴 수밖에 없는 게 쾌한이가 발표를 하겠다고 손을 든 건 처음이었으니까. 선생님도 수업을 마무리하려다가 그런 쾌한이를 보고 발표를 시켰다. 하지만 난 걱정이 되었다. 저게 무슨 말을 하려고, 장난치면 안 되는 시간인데, 이모도 와 계시다고. 쾌한아, 지금은 장난치는 시간이 아니야.

"벌레들이 살 게 해야 합니다. 그러니까 벌레들을 많이 잡아서 짝 풀어 놓는 거죠. 그럼 벌레 천국이 되고, 도시에도 멋진 자연환경이 만들어진다고 생각합니다."

오, 저렇게 멋진 발표를? 선생님도 쾌한이를 칭찬했고, 나도 왠지 뿌듯해졌다. 그러나 쾌한이가 기분이 좋으면 하는 버릇이 나와 버린 게 문제였다. 쾌한이가 지우개를 하늘로 집어 던졌고, 하필 그게 수한이의 머리에 떨어졌다. 아이들은 우스워 죽겠다는 듯이 웃고 수한이의 표정은 붉으락푸르락했다. 수업이 끝난 후 수한이는 씩씩거리며 쾌한이에게 화를 냈다.

"야, 유쾌한! 이 멍청한 녀석! 넌 잘하지도 못하는 게 안 해도 되는 발표는 왜 해! 그리고 선생님이 잘했다고 한 게 정말 잘한 건

줄 아냐! 멍청한 게!"

수한이한테 저런 모습이 있다니? 심하네.

"야, 우수한! 아무리 화가 나도 그렇지, 지우개 맞은 건 화가 난
일이라 쳐도, 그렇게 말하는 건 너무 심하잖아?"

"너도 입 닥쳐! 멍청이 세트 사촌인 것들이. 흥, 못난 것들은 못
나게 살아. 괜히 남 피해 주지 말고."

그러더니 수한이는 휙~ 교실 밖으로 나가 버렸다. 뭐야! 저게!
윽! 아무리 생각해도 화가 뻗친다.

화를 달래려고 해도 하루 종일 화가 풀리지 않았다. 통학 버스에서 내려 집으로 걸어오면서 쾌한이와 실컷 수한이 욕을 해 댔다.

"야, 우리 수한이를 공부로 이겨 버릴까?"

어쩌다 내가 이런 말을 하게 됐는지 모를 일이다.

"에이, 수한이를 어떻게 이기냐? 수한인 진짜 공부 잘해. 수준이 달라."

쾌한이 말이 맞긴 하다. 그래도 수한이가 잘난 척하고 나와 쾌한이를 무시하는 건 정말 참기 힘든 일이다.

"아무튼 난 우수한! 그 녀석 높은 콧대를 꺾고 말 거야."

기말고사까지 한 달하고 며칠밖에 남지 않았다. 그 정도 시간에 열심히 공부한다고 수한이를 이길 수 있을 것 같지는 않았다.

하지만 어찌 알겠어? 내가 이길 수 있을지. 기적이란 게 있잖아. 지금까지 수많은 기적이 벌어졌잖아! 영화나 만화 같은 걸 봐도 그런 게 종종 일어나잖아. 평범한 사람이 복수를 위해 열심히 실력을 쌓다 보면 어느새 고수가 되는 멋진 모습! 그래 나도 그렇게 고수가 될 수 있을 거야. **난 가능해. 난 더 이상 '나 못해'가 아니니까.** 무엇보다 수한이를 정말 이겨 보고 싶어! 진짜, 그 높은 산을 확 넘어 버리고 싶어.

"우수한! 너를 반드시 꺾고 말겠어."

집에 오자마자 엄마에게 전화를 걸었다. 공부하려면 이것저것 필요한 게 많았으니까. 이모네 집으로 온 뒤에 내가 먼저 엄마에게 전화를 한 건 처음이어서 그런지 전화 거는 내 모습을 계속해서 이모가 바라보고 계셨다.

"엄마, 나야! 응, 나 괜찮아. 잘지내. 참 엄마, 참고서랑 문제집 좀 보내줘. 응, 이제 공부하려고. 참 연습장이랑 내 필기구도 다 보내줘."

난 차분하게 말했다. 만약 엄마가 더 이상 말하지 않았다면 그렇게 전화 통화를 끝냈을 거다.

"모태야, 진짜 공부하고 싶어졌으면 이제 그만 집으로 올래, 여기서 학원도 다니고, 과외도 하고."

엄마 말은 조심스러웠지만 순간 마음속에 담아 두었던 말을 참을 수가 없었다. 가슴이 떨렸지만 하고 싶은 말을 했다.

"엄마, 엄마가 단 한 번이라도 스스로 공부하고 싶은 마음이 들게 해주었다면 난 달랐을 거야. 엄마는 내가 하고 싶다는 마음이 들기도 전에 무조건 공부부터 시켰잖아. 그것도 정말 감당하지 못할 정도로. 난 이제야 스스로 공부하고 싶은 마음이 생겼어.

그런데 엄마는 또 내 마음을 사라지게 하려고 해. 나 혼자, 힘들더라도 할 거야. 바로 여기서. 오직 내 힘으로."

내 말에 엄마가 화를 낼 줄 알았는데 아니었다.

"응, 모태야. 엄마가 너무 마음이 급했어. 모태가 스스로 공부하는 마음이 들도록 도와주고, 기다려줬어야 했는데. 지금도 또 급하게 널 다그쳤구나. 이제 엄만 널 믿어. 끝까지 널 믿고 기다릴 테니 용기 있게 도전해보렴."

엄마 말을 듣고 눈물이 핑 돌았다. 처음이었다. 엄마가 내 마음을 받아준 게.

"엄마, 고마워. 그리고 이모네 집으로 보내준 거. 진짜 고마워."

"그래, 모태야. 엄만 널 사랑해."

참고 있던 눈물이 주르르 흘러내렸다.

"엄마, 나도 사랑해."

전화를 끊는데 이모, 아니 스스로 공부요정이 날 꼭 껴안았다. 한참을 안겨 있었다. 안겨 있는 내내 눈물이 멈추지 않았다. 눈물은 흘렀지만 슬프진 않았다. 행복했다. 내 가슴에서 빛이 쏟아졌다. 마지막 하나 남은 빛이 찾아든 것이다. 눈물이 멈추자 스스로 공부요정이 내 눈물을 닦아주었다. 그러면서 내게 말을 건넸다.

"엄마의 사랑을 느끼는 모태가 행복해 보이는구나. 세 번째 빛도 찾아냈고."

정말 그랬다. 엄마가 내 말을 이해해준 것이 너무 좋았다. 세 번째 빛을 찾은 것도 너무 기뻤다. 난 목걸이를 움켜쥐었다.

"저, 이제부터 공부 열심히 할 거예요. 정말로."

이모는 미소를 지으며 날 바라보고 계셨다.

"수한이를 이기고 싶어요."

"그래. 넌 공부하는 이유를 찾았어. 하지만 아직은 완전하진 않아."

"완전하지 않다니요?"

"공부하는 이유는 밖에서도 찾아야 하지만, 자기 안에서도 찾아야 하는 거니까."

"그럼, 전 아직 자율 공부의 빛을 다 못 찾은 건가요?"

"공부하려는 이유가 무엇이든, 그게 분명하기만 하면 자율 공부의 빛은 들어와. 지금 네 목걸이를 보렴. 이제 넌 스스로 공부할 수 있는 힘을 얻었어. 나무로 따지면 뿌리가 생긴 거고, 자동차로 따지면 연료를 가득 넣은 셈이지. 하지만 아직 완전하지는 않아."

"그래서 다른 두 개와 달리 빛이 약한 거였나 봐요. 완전하게 만들기 위해 계속 찾을 거예요."

똑또기와 꼼꼬미와 깔끄미가 내가 찾은 세 번째 자율공부의 빛을 기록했다.

스스로 공부요정의 '자율 공부의 빛' 3

공부하는 이유가 분명해

나만의 이유가 있어야 해. 절실함이야. 간절하게 원하는 게 있어야 사람은 행동을 해. 그 이유가 분명하면 지금 당장 게임하고 싶은 욕심, TV 보고 싶은 유혹, 잠을 자고 싶은 마음을 이겨낼 수 있어. 스스로 공부하는 힘은 바로 절실한 마음에서 출발해. 간절한 마음이 있으면 누가 시키지 않아도 자연스럽게 공부해. 그리고 절실한 사람은 그걸 이룰 때까지 절대 포기하지 않지. 포기하지 않은 사람, 끈질긴 사람이 이겨.

어쨌든 드디어 온전히 내가 원해서 공부를 하기로 결심했다. 왠지 공부는 재미있고, 잘할 수 있을 거라는 믿음이 생겼다. 이제 시작이야. 진짜 공부를 시작하는 거야.

똑또기를 펴고, 꼼꼬미를 손에 쥐고, 깔끄미를 그 밑에 두었다. 완벽하게 공부 삼총사가 갖추어진 거다. 이제 공부하면 돼. 정말 열심히 해서, 수한이를 이기고 말 거야.

그런데 책을 보려니 문득 가슴이 답답해졌다. **어떻게 공부해야 하지?** 어떻게 해야 수한이를 이길 수 있는 거지? 공부하려는 마음은 가득하지만, 어떻게 해야 하는지는 알지 못하고 있었던 거다. 내가 뭘 어떻게 해야 하는지 알려 주던 엄마도 학원 선생님도 이제 없으니까. 난 막막했다. 시원했던 가슴이 또다시 답답해졌다.

그 순간 아무래도 내일 새벽에 스스로 공부요정이 나를 찾아올 거란 예감이 들었다.

그런데 이번에도 하늘을 날게 될까? 만약 날게 된다면 이번엔 제대로 날아 볼거다. 그게 꿈이 아니라 현실인 걸 알았으니까.

〈2권 '선생님은 공부도둑'에서 만나요~〉

2권 『선생님은 공부도둑』, 3권 『진짜 공부도둑』은 곧 출간될 예정입니다